傀儡《あやつり》の教室《きょうしつ》

rúf　原作
英いつき with Flying Shine シナリオチーム　著
真木八尋　原画

PARADIGM　NOVELS 116

登場人物

日向《ひなた》睦月《むつき》　清夜の白南風学園時代の同級生。アーチェリー部で、よきライバルだった。

白露《しらつゆ》清夜《せいや》　白南風学園時代はアーチェリー部に所属。現在は心理学を学んでいる。

千草《ちぐさ》初日《はつひ》　清夜たちの一年後輩にあたる少女。睦月のことを姉のように慕っている。

春風《はるかぜ》夕奈《ゆうな》　睦月の幼なじみで、清夜の元同級生。おっとりとした、優しい女の子。

朝凪《あさなぎ》瑞穂《みずほ》　当時のアーチェリー部の顧問。親しみやすい性格で、性に関しても開放的。

海原《うなばら》暁《あかつき》　清夜たちの部活の先輩。アーチェリーがうまく、みんなのあこがれの的だった。

第1章 睦月&夕奈

第2章 初日

目次

プロローグ

母の買ってくれたシューズの履き心地は悪くなかった。
私たちの年頃《としごろ》だと、親に反発するのは普通のことだと思う。
私の場合、それだけではなかったりするのだが、やはり親を好きになれなかった。
だから親の与えてくれた物も気に入ったりはしない。
それでも少し嬉《うれ》しい気分なのは、今日という日が特別だからだと思う。
真新しい制服に身を包み、今日からの通学路を走る。
まだ体に馴染《なじ》まない衣服たちが私をそわそわさせる。
新しい服、新しい道、新しい学校……。
「あぁ、もう最低っ」
残念ながら、私にこの新鮮な気分を味わう余裕はない。
今日は私立白南風《しらはえ》学園の入学式。
その記念すべき一日目から、私は遅刻をしようとしている。
私の計算だと10分は余裕があったはずなんだけど……。
どちらにしても、一刻も早く学校へ行かなければならなかった。
焦る私とは対照的に、周りの生徒たちはぜんぜん余裕の表情で歩いている。
集合の時間は9時ちょうど。
ただ私が他の生徒より早く行かないといけないだけだった。

プロローグ

校門が視界に入るとペースを上げた。
まだまばらな生徒たちの間をすり抜け構内を目指す。
校門を抜けると、私はラストスパートをかけようと、地面を強く蹴《け》った。

ドンッ。

「きゃぁっ」
視界が大きく揺れる。私の体勢が大きく崩れたからだ。
一瞬、地面が見えたかと思うと次の瞬間には空が広がった。
雲一つない、どこまでも青い空。吸いこまれそうなくらい広く奥深い……。
……って、そんなこと考えてる場合じゃないんだった。
私が起きあがろうとしたとき、声がかけられた。
「大丈夫？」
落ち着いた、優しそうな声だった。
変わった服を着ていた。いや、服と言うよりも身につけている物が変わっていた。
胸に布のような物を付けていて、手にはプロテクターを付けている。
確か、アーチェリーのユニフォームだ。

つまりこの人はアーチェリー部の部員で、今日から一年生の私にとっては先輩ということだろう。

入学式の朝から練習しているだけあって、真面目そうな人だった。

優しそうな目で、私に心配そうな視線を送っている。

「す、すみません、急いでたもので……」

私の言葉を聞くと、笑顔を見せてくれた。

「じゃあ、早く行かないとね」

そう言って手を差し伸べてきた。

私は好意を受け止めるように、その人の手を取った。

「……あ、ありがとうございます」

すごく温かい手だった。

私はその手を強く握りしめた。

第1章　過去へもう一度

1

2004年8月28日(土)　午後8時03分

白露清夜《しらつゆせいや》　[自宅マンション・自室]

「……そう、わかったわ。じゃあ明日に……」

私は通話を切ると、携帯電話をテーブルの上に置いた。

「ふぅ……」

自然と溜息《ためいき》が漏れる。

部屋を見回す。

誰もいない……。

当たり前だ。ここは私が一人暮らしをしている部屋。

扉を一つ開ければ、すぐそこは外だ。

親元を離れて2年が経《た》つ。

一人暮らしというのは想像していた以上に大変だった。

それでも家族といるよりマシだった。

親が嫌いな訳ではない。

育ててくれたことに感謝はしているし、いまでも養ってもらっている。

でも、好きにはなれなかった。

だから親と離れ一人暮らしを選んだ。

そして私は自分だけの部屋、自分だけの世界を手に入れた。

「そういえば、この家に人をよせたことってあったっけ……」

呟《つぶや》き、自問する。

「ない」

考えるまでもなく答えは出た。

親友と呼べる睦月《むつき》や夕奈《ゆうな》とは今は別の町に住んでいる。

大学には彼女たちのように親友と呼べるような人はいない。

別に他人を拒絶して生きているわけではないが、それほど他人を求めているわけでもなかった。

少なくとも、今まではそうだった。

他人を求めること、寂しさ。そんなものを気にする暇がなかった。

今は……違う。

ゆっくりと今の自分を見つめる時間があった。

だから気付いてしまった。

自分の寂しさに。他人を求めている自分に。

なにかぽっかりと穴が空いている自分の心に。

そう、私の心の中になにか……。

いや、わからないんじゃない。

原因はわかっていた。

なにかを忘れている。

いままでは、それに気付かずに、いや、気付かないふりをして過ごしてきた。

でも、いまはもう気付かないふりをするわけにはいかない。

思い出しておかなければ、これから先なんらかの障害になる。

なんでかはわからないが、思い出さないといけないことなのだということは確信できる。

そして、記憶を操作しているであろう要因は一つ。

……催眠術。そう、催眠術以外にない。

全て……終わったはずなのに……まだ……。

いったい、なにが……。

いや、やってみればわかる。

自己催眠で自分の忘れている記憶を引き出す。
今の私なら出来るはずだ。
それにもし自分の手に負えなくても、心当たりはある。
やるだけやってみればいい。
そして会おう。もう一度、過去の自分と……。

2

2004年8月28日（土）
白露清夜［自宅マンション・自室］
午後8時32分

シャワーを浴び、パジャマに着替えた。
部屋の電気を消し、ベッドで横になった。
催眠状態になるには、リラックスがなにより大事だ。

リラックスし、眠る寸前の状態で暗示をかけることで催眠術は成立する。
私は少しずつ自分に暗示をかけ始めた。
まずは右手から。

右手が重くなってくる。
……右手が重くなってくる。
…………右手が重くなってくる。

何度も繰り返すと、少しずつ右手がベッドに沈む。
さらに続けて左手、右足、左足、両手、両足と進めていく。
そして最後は全身が重くなって沈んでいくイメージを浮かべる。
どんどん沈んでいく。
私が横になっているのは、ベッドではなく海。
心という名の海に沈んでいく。
そこには色々な記憶が浮かんでいた。
でもここはまだ浅い。あるのは最近の記憶ばかりだ。
今日の夕食。大学の授業。この前観《み》たドラマ……。

もっと深いところを目指す。もっともっと深いところ。
私の求めている物は、多分この海の底にある。
大学の入学式。白南風学園の卒業式。アーチェリーの大会……。
良い思い出も、忘れたい思い出も、たくさん浮かんでいる。
私の求めている物はどっちなんだろう？
やっぱり、忘れたくて忘れた物なんだろうか。
人は辛《つら》いことを忘れることで生きていけるとはよく言う。
その言葉の通りに忘れてしまうような辛いことだったのだろうか？
たとえそうだとしても思い出さないといけない。そんな気がする。
思い出すことに小さく覚悟した私は、より深いところを目指し沈んで行った。

3

２０００年7月12日（水）
白露清夜［私立白南風学園・アーチェリー場］

午後4時13分

矢をつがえ、弦に手をかける。
的に狙いを付け、アーチェリーを引く。

パチッ。

クリッカーの音に合わせて矢を放つ。
アーチェリーを離れた矢が的に向かう。
的に吸い寄せられるように。
だが、矢は的の少しだけ外側に刺さった。
射終わった後、今の一射を考え直す。
残心と言って、これもまた矢を射ることの一部だ。
アーチェリーは精密な機械のような物で、狙った場所を正確に射抜いてくれる。
つまり、常に正確な型で射てば常に的に命中する。
そこに至るには、矢をつがえてから放つ瞬間まで全てが完璧《かんぺき》でなければならない。
矢を射ちはじめて数週間の私には、まだまだ遠い話だろう。

もっと何本も射って、感覚を掴《つか》まなくちゃ……。
それにしても……。
「きゃあ、やったやった。当たったよ夕奈」
……うるさいなぁ。
矢を全て射ち終えた私は、ベンチに戻り声のする方に目を向けた。
あの三人組のおかげで集中して射つことができない。
いや、あの三人というよりも、ショートカットの……確か日向《ひなた》睦月だ。
他の二人、春風《はるかぜ》夕奈と野道《のみち》火影《ほかげ》は彼女に引っ張られてるという感じか。
まったく、矢が一本当たった当たらないで、あそこまではしゃがないでほしいものだ。
メンタルが肝心なスポーツをしているというのに。
視線を反対側に移すと、海原暁《うなばらあかつき》先輩が矢を射っていた。
彼女も少しは暁先輩を見習って欲しいものだ。
暁先輩は、私と一歳違うだけとは思えないほど落ち着いている。
それに面倒見が良く、色々と優しく丁寧に教えてくれる。
アーチェリーには性格が出るのか、暁先輩は流れるように綺麗《きれい》で正確な射ち方をする。
暁先輩が射っていると、ついつい見とれてしまう。そのくらい綺麗な射ち方だ
そして、はずしたところを見たことがない。というのは言い過ぎかもしれないが、三年

生顔負けの命中率を誇っている。

彼女はアーチェリーの腕でも、人間的にも尊敬できる人だ。

もう一人、先輩で見習える人がいる。

暁先輩の隣で射っている、葛蒼穹《かずらそうきゅう》先輩だ。

彼もまた、暁先輩同様に大人っぽくて落ち着いた人だ。

男子の後輩たちに指導している姿をよく見かける。

その辺も暁先輩によく似ていた。

暁先輩が射つと、合わせるように蒼穹先輩が射つ。

蒼穹先輩の射ち方は力強く、見る者を釘付《くぎづ》けにする。そのくらい堂々として勇ましい射ち方だ。

矢は両方とも的に当たった。

続けざまに矢が放たれると、面白いほどに的に命中していく。

あの二人には、なんとも言えないような魅力がある。

人を引きつける、なにか不思議な力を持っているように思える。

その力がお互いにも作用したのか、暁先輩と蒼穹先輩は付き合っている。

そのことを知ったとき、よくお似合いのカップルだと思った。

二人とも勉強もスポーツも優秀で性格も良く、おまけに美男美女。

文句の付けようのない、アーチェリー部……いや学校公認のカップルだろう。

暁先輩を羨《うらや》ましく思った。

同様に蒼穹先輩も羨ましいと思う。

おそらく、彼らはお互いにとって最高の恋人だろう。

二人で愛し合いながら、お互いを高めていける。

すごく素敵な関係だと思う。

私にも蒼穹先輩のような恋人ができるだろうか。

逆に私の恋人に対して、暁先輩のような存在になれるだろうか。

多分、今の私には無理だろう。

暁先輩と蒼穹先輩が矢を射ち終える。

他の部員たちも矢を射ち尽くしたのか、それぞれ話をしたりアーチェリーの調整をしたりしている。

三年生が矢の回収をするよう声を上げる。

先輩たちに負けてはいられない。

そう思い、一刻も早く矢を射とうと、矢の回収に向かった。

4

2000年7月12日（水）
白露清夜［私立白南風学園・アーチェリー場］
午後4時42分

「白露さんはちょっと動きが固いかな。緊張してる？」

矢を放った私に、暁先輩が声をかけた。

「いえ、そんなつもりはないんですが……やっぱり、まだ慣れていないのかもしれません」

緊張していないと言うと嘘《うそ》になる。

まだ矢を射ちはじめて数週間。さらに暁先輩に見られているのだから。

「そうね。まあ慣れの方は仕方ないとして……弓を引くとき、どんなことを考えて引いているのかな？」

「えっと……的に当たったときの自分の動きを思い出して、そのときと同じ動きをするようにと思いながら射ってます」

「考え方は間違ってないけど、ちょっと違うかな。意識して同じ動きにするんじゃなくて、自然と動いたとき同じになるようにするの……わかる？」

「なるほど……なんとなくですがわかります」

「じゃあ、何本か射ってみて」

暁先輩が言ったことは、簡単に言えば体に覚えさせるということなんだろう。

しかし、まだ私は体が覚えるほど射っていない。

とりあえず体の力を抜いて、気を楽にして矢を放った。

矢を全て射ち終え的を見ると、一本も矢は刺さっていない。

再び暁先輩が声をかけてきた。

先輩のアドバイスを無駄にしたようで、少し恥ずかしかった。

「白露さん。今の感覚よ」

矢は全てはずれている。

どういうことだろう。

「矢の刺さってるところをよく見て」

的の方に向かって、暁先輩が指さす。

「矢が今までよりも近い位置でまとまってるでしょ」

確かに暁先輩の言うように、矢の刺さっている範囲が今までより狭くなっている。

「つまり、今までより同じ動きが出来るようになったってことですか」

「そういうこと。矢が同じ場所に集まるようになったら、あとは狙いを修正していくだけ。そうすればどんどん当たるようになるわ」

口で言うだけでなく、さらに実践した結果で説明する。

すごくわかりやすくて上手な教え方だった。

「ありがとうございました」

素直に感謝の言葉を述べた。

そして暁先輩の言ったことを思い出しながら、何度も矢を射った。

矢を放つたびに、刺さる場所のまとまりが良くなっていく。

そして、気付けば的に当たる回数も増えていた。

5

2000年7月12日（水）

日向睦月［私立白南風学園・アーチェリー部部室］

午後6時23分

　今日の部活が終わった。

　後片付けは私たち一年生の仕事だから、当然のように帰れるのも先輩たちより後になる。

　私たちが部室に戻ったときには、先輩たちはもう帰っていた。

「睦月、私たちも早く帰ろ」

「そうだね、夕奈。早く家に帰って、シャワー浴びたいし」

　さすがにこの季節、長時間外にいたら、嫌でも汗をかく。

　一応、学校にシャワールームはあるけど、もう日が沈む時間だ。

　なにより、シャワーを浴びている間に鍵《かぎ》を掛けられて、学校から出れなくなったらシャレにならない。

　さっさと着替えて、家に帰ろう。

　私はユニフォームを脱ぐと、自分の胸に目をやった。

　夕奈に視線を移す。

　夕奈も上着を脱ぎ、タオルで汗を拭いている。

「……はぁ」

　私の溜息に気付いていないのか、夕奈の様子に変化はない。

　そっと夕奈の背後に忍び寄る。

「えいっ」

後ろから夕奈の乳房を揉《も》みあげる。

「ぁん……な、なに睦月」

オッパイの重みを確かめるように優しくもちあげる。

しっとりと汗ばんだ肌が妙にいやらしかった。

「夕奈ぁ、また大きくなったでしょ」

「う、うん、ちょっとだけ……」

「ちょっと、ねぇ……はぁ」

また溜息が漏れた。

夕奈の背中に私の胸を密着させる。

こうすれば、夕奈と私の胸の感触を比較できる。

改めて夕奈のオッパイの感触をたしかめると、悲しいくらい差があった。

大きくて柔らかくて、触っててすごく気持ちいい。

なんだか男の子の気持ちが理解できる。

「もぉ……夕奈のオッパイは大きくなるのに、なんで私のはならないのかなぁ……」

自分の胸にはない感触をじっくりと味わうように手のひらでこね回す。

「んっ、もうっ、睦月がそうやって面白がって遊ぶからだよ」

確かにそうかも。

いつも私がイタズラする側で、夕奈はされる側。

逆の場合もあるけど、それは滅多にない。

まあ、お互いの性格を考えれば当然なんだけど。

もしかして、一番羨ましがってた私が原因だったのかな。

オッパイは揉まれると大きくなるって説を信じればの話だけど。

でも、本当なのかも。

実際、オッパイを揉まれている夕奈は大きくなってるし、逆に私はちっとも成長しない。

ダメもとで試してみる価値があるかも。

「あ、あのさ、夕奈……」

あぁ、本当に試そうとしてる。

なに考えてるんだろう、私。

「なに、睦月？」

私の手は、まだ夕奈のオッパイの上だった。

このオッパイが私にも……ああ、でも恥ずかしい。

でも、私にもこのオッパイが……。

こんなこと頼めるのは夕奈しかいないし。

いや、そもそもこんなこと人に頼むことじゃない気も……。

えぇい、いいや、言っちゃえ。

「わ、私のオッパイ……揉んでくれないかな？」

夕奈がクスッと笑った。

もうっ、人がどれだけ葛藤《かっとう》したか考えもしないで。

「ゴメンね、睦月。でも、そんなにオッパイ大きくしたいの？」

普段はとぼけてるくせして、こういうときの夕奈はすごく意地悪だ。

人が気にしていることを笑顔で話してくる。

でも、本人は悪気があるわけじゃないし、なぜか憎めないのが夕奈の魅力なんだけど。

「もぉ、当たり前じゃない。こんな胸、恥ずかしいもん」

夕奈の裸はしょっちゅう見てるとして、何度か暁先輩が着替えている姿を見たことがある。

大きくて形のいいオッパイをしていて、すごく女性的で綺麗なボディラインをしていた。

あれだけスタイルがよければ、蒼穹先輩みたいな素敵な恋人ができるのもうなずける。

もちろん、暁先輩の魅力が体だけなんてことはないけど。

「そお？　私は睦月のオッパイ、好きだけどなぁ……すごく綺麗な形だし、ちょうどいい大きさだと思うし」

「ちょうどいいって、なににちょうどいいの？」

夕奈は質問にすぐには答えず、私の胸に手を当ててきた。

「睦月がいっつも私にしてるようなこと」

手が円を描くようにまわされると、私の体に軽い電流が走った。

「ひゃぁ」

夕奈ったら、見た目によらずけっこう上手……。

私、すごく感じてるかも。

自分でしたこともあるけど、自分で触るのと他人に触られるのじゃぜんぜん違う。

やっぱり、この刺激が必要なのかな。

「あぁ……夕奈ぁ、くっ……んっ、いやぁ」

夕奈が悪戯《いたずら》っぽい笑みを浮かべた。

「睦月、嫌なの？　でも、それじゃ睦月のオッパイ、大きくならないよ」

そう言うと、夕奈が手を止めた。

どうしてほしいの？　とでも言うような表情で私を見つめる。

実は夕奈ってマゾっぽく見えて、サドっ気のほうがあるのかも。

「い、いじわる」

上目遣いで夕奈の目を見つめた。

普段は私が夕奈にイタズラする側だから、こんなのもちょっと楽しい。

私は目で続きをしてと訴える。

「冗談だよ。でも、また今度にしよ」

夕奈が手を引いた。

「え？」

夕奈は本当に止めてしまった。

「ほら、時間がないし……」

ああ、そうか。もう帰らないといけないような時間だったんだ。

急に火照った体が冷えて、頭が冷静になった気がした。

ちょっと残念だけど、また今度でいいか。

夕奈はもう帰り支度を再開している。

「それに、ここだとちょっと……誰か来るかもしれないから」

私にずらされたブラの、位置を直しながらそう言った。

そしてタオルを手に取り、汗を拭き直しはじめた。

「ああ、そっか……こんなとこ見られたら、なに言われるかわかんないしね」

こうやってお互いの体を触り合うのは、私たちにとってコミュニケーションの一環みたいなもの。

別にレズだとかそういうつもりはない。

愛情表現には変わりないんだろうけど、どちらかというと姉妹愛みたいなものだと思う。

でも、そんな私たちの考えが他人に理解してもらえるとは限らない。

変な噂《うわさ》を流されても困るし、今日のところは我慢しよう。

「うん、白露さんがまだ残ってたみたいだし、火影君が私たちのこと待ってると思うし」

確かに火影はアーチェリー部に入って以来、いつも一緒に帰ろうと私たちの帰りを待っている。

「火影が好きで待ってるんだから別にいいじゃない」

別に待たなくてもいいのに。

きっと、一人で帰るのは寂しいとかそんな情けない理由に違いない。

まったく、男のくせに女に頼るなんて。

「火影君はきっと睦月のこと好きなんだよ。そんなこと言うとかわいそうだと思うな」

夕奈は頭はいいんだけど、たまにとんでもなく見当違いなことを言うときがある。

確かに、火影がいちいち私たちを待つ理由としては納得いくけど。

「あの火影が私のことを？　そんなことあるわけないじゃない」

それに、私じゃなくて夕奈のことを好きな可能性だってある。

私なんかと違って、夕奈は可愛《かわい》くてスタイルがいいし、性格もいい。それだけじゃなくて、勉強はできるし、見かけによらず運動神経は抜群だ。

はぁ……私っていったい……。

「そうかなぁ。私はそうだと思うんだけど」

火影とは夕奈と同じで、幼い頃《ころ》からずっと一緒だった。

その火影が女の子を好きになるっていうのは想像できない。

それが私たちのどちらかだってのは、さらに想像するのが難しい。

まあ火影のことは別にしても、早く帰らないといけない。

それにしても……。

6

2000年7月12日（水）

午後6時45分

春風夕奈［私立白南風学園・アーチェリー部部室］

「それにしても、白露さんはなんで残ってるのかな？」

話が一段落して帰り支度を始めた頃、睦月がきいてきた。

白露清夜さんは私たちの代の女子アーチェリー部部員で、三人のうちの残り一人。

私も睦月も彼女のことはよくわからない。

知ってることといえば、すごく頭が良くて今のところ学年トップをキープしていること。

それと、スタイル抜群でモデルみたいな体型をしていて、すごく美人なこと。

「残って自主練習とかじゃないのかな。最近、白露さん頑張《がんば》ってるみたいだし」

睦月は白露さんのことを、あまり好きではないみたいだ。

まあ、白露さんは白露さんで、睦月のことをあんまり良く思ってないみたいだから、お互い様かも。

「頑張るのはいいんだけど、もうちょっと周りのことを考えて欲しいよね」

私が白露さんを弁護したのが気に入らないのか、睦月の声に不満が入っている。

「だいたい、部室の鍵掛けるの私たちじゃない。あの人は、周りのこと考えてなさすぎ」

睦月の言うように、白露さんは周りのことをあまり考えていないみたいだ。

周りから一歩引いてるというか、関わりたがらないというか、そんな印象を受ける。

いつも機嫌が悪そうで、話しかけてもそっけない返事しか返ってこない。

でも、暁先輩とはよく話しているし、人見知りしているだけだと思う。

「もうちょっと、周りと打ち解けようとか、楽しくやろうとか考えられないのかな」

睦月と白露さんが仲良くしているところってちょっと想像しにくいものがある。

長年の付き合いでわかるんだけど、こうなったときの睦月はちょっとやっかいだ。

単純というか、思いこみが激しいというか、一度始まるとなかなか止まらない。

「きっと慣れてないだけだよ」

私が睦月をなだめようとすると、後ろでドアの開く音がした。


ガチャッ。

7

２０００年７月12日（水）
白露清夜［私立白南風学園・アーチェリー部部室前］
午後６時32分

『んっ、もうっ、睦月がそうやって……』
『あ、ぁのさ、夕奈……』
『……すごく綺麗な形だし、ちょうどいい大きさだと思うし……』
……困った。
部室に戻ろうとしたはいいが、そうもいかないようだ。
中にいるのはおそらく、日向さんと春風さんだろう。
あの二人はずいぶん仲が良い様子だったけど、まさかここまでとは。
二人とも男に言い寄られるにはじゅうぶんな容姿の持ち主だ。
実際に男子生徒たちが彼女たちの話をしているのを何度か聞いたこともある。

その割に、浮いた噂は聞いたことがない。

そんな話になるといつも、野道火影がどちらかと付き合っているんじゃないかという推測で終わってしまう。

私もそう思っていたけど、それは見当違いだったのかもしれない。

私みたいに、あんまり人と話さないような奴だったからよかったものの、もっと口の軽い人や男子生徒に見られていたら、どうするつもりだったんだろう。

第三者から見たら限りなく妖《あや》しい状況だ。

実際、私があの二人ができてるんじゃないかと疑っているところだし。

まあ、会話を聞く限りでは本人たちは単にじゃれて遊んでいるだけのようだけど。

どちらにしろ今は部室の中に入っていける状況じゃないことは確かだ。

そこまで私の神経は太くない。

しかたない、彼女たちの行為が終わるまで、しばらく待つことにしよう。

『白露さんはなんで……』

『……最近、白露さん頑張ってるみたいだし』

『……もうちょっと周りのことを考えて……』

見事にタイミングを逃してしまった。

レズごっこに一段落ついたと思ったら、今度は私のことを話しているみたいだ。

しかも、あまり私が聞いていい内容じゃないみたいだし。

私を非難するような声と、それをなだめるような声がしている。

おそらく、日向さんが私のことをなにか言って、春風さんがそれを聞かされていると言った感じだろう。

さて、ここで中に入るべきかどうか。

こんな話をしている中に入っていくのもなんだけど、二人が出ていくまで待つような場所もないし。

あんまり時間が経つと学校の出入り口が閉まってしまう。

さすがにユニフォームで帰る気にはならないし、かといって学校に閉じこめられるのも嫌だ。

それに、聞こえなかったふりをすれば、さっきの状況に入っていくより何倍もマシだろう。

もういいや、入っちゃえ。


ガチャッ。

部室の中では日向さんと春風さんが着替えをしていた。

まあ、予想通りの状況だ。
春風さんがかなり驚いた様子で私を見ている。
この人は陰口を叩《たた》くような人じゃないし、実際のところしていないだろう。
それでも、連帯責任とでも思っているのか、かなり気まずそうな表情をしている。
部室の奥の方に視線を移すと日向さんがいた。
私に背中を向け、気付かないふりをしている。
肝が据わっているというか、図々しいというか……。
日向さんの元へ向かう。
別になにかしようというわけではなく、ただ単に私のロッカーがそっちにあるからだ。
何事もなく終わってくれればそれでいい。
「おつかれさま」
できるだけ不自然にならないように声をかけた。
こういうときに意識しないと自然にできない辺りが、自分はまだまだだと思う。
「あ、白露さん。お疲れさま」
……前言撤回。少なくとも、この人よりはマシだ。
今の話し方から、明らかなぎこちなさと悪意を感じた。
まあ、この人が私を嫌う理由はわからなくはない。

「ごめんなさいね、遅くなって。部室の鍵の当番は日向さんだったのよね」

「そう、おかげで帰れなくて困ってたの」

皮肉めいた口振りでそう言って来た。

さっきまでレズごっこしてたくせに、帰れなかったとは図々しい。

そもそも、彼女たちがあんなことしてなければ私もさっさと帰れたのに。

いちいち相手をするのもなんだけど、言われっぱなしも悔しいし、少しだけ言い返そう。

「後片づけがあんまり雑だったものだから……それで時間かかっちゃったのよ」

日向さんがわなわなと肩を震わせる。

「白露さん……あなた、いやらしい言い方する人ね」

「いやらしい……あなたたちがさっきやってたことに比べれば、大したことないんじゃない？」

これを口に出すのは気が引けたが、まあこれで決着がつくだろう。

「え……白露さん、まさか……さっきの……」

春風さんがおびえたような口調で言う。

どうやら、日向さんよりも春風さんのほうに効いたらしい。

あんまりこの人とはケンカしたくないんだけど。

と言うより、春風さんが相手だと一方的なイジメになりそうだ。

「なっ、人の話を盗み聞きするなんて」

「盗み聞き？　人聞きの悪いこと言わないで。人に知られたくないようなことするなら、部室なんかでやらないで欲しいものね」

「くっ……」

日向さんは拳《こぶし》を強く握りしめるだけで、言い返すことができないようだ。

その側《そば》で、春風さんは相変わらず、私と日向さんの様子をうかがっている。

「それにしても驚いたわ。まさかあなたたち二人がデキてるなんてね。てっきり野道君とデキてるのかと思ってたけど……彼がこのこと知ったらなんて思うかしら」

さらに追い打ちをかけたつもりが、どうやら日向さんには逆効果だったらしい。

野道君のことを出すと表情が変わった。

「ちょっと、火影は関係ないでしょ」

今までの怒りの表情から、うっとうしいというような顔に変えそう言ってきた。

「そう？　むこうはそうは思ってないかもしれないんじゃない？」

「あいつとはただの幼なじみなの。私はあいつのことなんとも思ってないし、あいつも私のことなんとも思ってないの」

日向さんが今までで一番大きな声でそう言うと、突然部室のドアが開いた。

ガチャッ。

8

2000年7月12日（水）
野道火影［私立白南風学園・アーチェリー部部室前］
午後6時40分

コンコン……。

困ったなぁ。

睦月たちの帰りがあんまり遅いから、女子の部室まで来たもののさすがに勝手に中に入るわけにはいかない。

ノックをしても、気付いていないのか無視されたのか、反応は無かった。

中から話し声が聞こえるから、部室の中にはいるみたいだけど。

でも、そうなると余計にドアを開けるわけにはいかない。
もしかしたら、着替えてる最中かもしれないし。
この扉の一枚向こうには睦月や夕奈が下着姿で……。
……着替え中の睦月。
その一言だけで、手がドアノブに向かっていた。
いけない、いけない。
無意識に動いた手を、すぐに離す。
そんなことしたら睦月に殴られちゃうや。
いや、殴られるからやっちゃいけないとか、そういう問題じゃない。
それにしても、睦月の体は学園に入学してからずいぶん成長した。
女らしくなったというかなんというか。
睦月と話していると、ついつい体の方に目がいってしまう。
夕奈や白露さん、それに暁先輩とかの方が、女性的で魅力的な体型をしている。
それでも僕は、睦月の体や顔といった外見的なものに強く惹《ひ》きつけられる。
もちろん仕草や性格といった内面的なものにもだ。
結局、僕は睦月の全てに惹かれているんだと思う。
最近は特に、その思いが強くなっている。

睦月のことをただの幼なじみではなく、異性として意識している。
二人っきりになった時なんかは、自分がなにかしてしまうんじゃないかと心配になる。
他の女の子と二人っきりになったときは、ただ緊張するだけなんだけど。
「はぁ……」
睦月、絶対に僕のこと男だと思ってないんだろうなぁ……。
同じ幼なじみでも、夕奈は僕のことを異性だと意識しているみたいだ。
僕と夕奈の間には多分、恋愛感情とかは存在しないんだろうけど。
まあ、そういうことを気にしないで接するのが、睦月のいいところなんだろう。
睦月と一緒にいると安心感みたいなのものがある。
幼い頃から一緒に育ったからかもしれない。
これからもずっと一緒にいたいって思ってるのは僕だけなのかなぁ……。
「はぁ……」
それにしても遅い。
女の子だから色々と時間がかかるのはわかるけど。
いつも一緒に帰ってるから、僕が待ってることはわかってると思うけど。
中でなにか話してるみたいだけど、よく聞こえないし。
いや、盗み聞きみたいなことはしたくないから、なるべく聞かないようにしてるんだけど。

　でも、なんだか騒がしい。

　だんだん声の大きさもあがってきてるみたいだし。

　なにかあったのかな？

『……彼がこのこと知ったらなんて思うかしら』

　え？

　僕のことを言ってるのか。

　どうやら、白露さんの声みたいだけど。

　でも、一人ってことはないだろうし、きっと睦月と夕奈もいるんだろう。

『ちょっと、火影は関係ないでしょ』

　睦月の声だ。

　それに、やっぱり僕のことを話してるみたいだ。

　僕は関係ないって言ってるけど、そういわれると逆に気になる。

　なにを話してるんだろう。

　悪いと思いながらも、耳をすませて聞こうと思ったら、ドア越しでも十分に聞こえるだけの音量で睦月の声が聞こえた。

『あいつとはただの幼なじみなの。私はあいつのことなんとも思ってないし、あいつも私のことなんとも思ってないの』

なっ……。

もしかしたらと思っていたことだけど、本人の口から聞いてしまうとやっぱりショックだった。

睦月が僕のことをなんとも思ってないのはかまわない。

でも、僕が睦月のことをなんとも思っていないと思われているのは辛かった。


ガチャッ。


僕は無意識のうちに部室の扉を開け、中に入った。

「そんな、ひどいじゃないか睦月。僕は、僕はお前のこと……」

すぐそこに夕奈がいて、少し奥の方に白露さんと睦月がいた。

いま自分の言おうとしていたことを考えたら、出かけた言葉が止まった。

これは人前で言えるようなことじゃない。

「え、え、なんで火影くんが……？」

すぐそこから声が聞こえた。

夕奈だった。

戸惑っているような、おびえたような表情を浮かべている。

睦月がすごい形相でズカズカと近づいてくる。

二人とも下着姿だった。

あ……。

白露さんも下着姿だったが、恥ずかしがってる様子も怒るような様子もなく、むしろあきれているような感じだ。

こんな光景は滅多に見れるものじゃないけど、それを楽しむ余裕はないようだ。

睦月の顔が目の前まで来ていた。

いきなり笑顔を見せる。

「なんであんたがここに入って来るの」

僕は苦笑いを浮かべた。

睦月の拳が僕の腹にめりこんだ。

「ぐっ」

9

2000年7月12日（水）

日向睦月　［私立白南風学園・アーチェリー部部室前］　　午後6時58分

「なんであんたがここに入って来るの」

まったく、今日はろくなことが続かない。

いくら相手が幼なじみで、小学校まで一緒にお風呂《ふろ》に入ってたからって、この年になったら関係ない。

「ぐっ」

とりあえず火影の鳩尾《みぞおち》に拳を沈めた。

半分は制裁、残りの半分は八つ当たりだ。

これで大人しく出ていくだろう。

「ひどいよ睦月」

「うるさい。さっさと出て行きなさい」

火影は腹を押さえながら、その場に崩れ落ちた。

そのまま苦しそうなうめき声をあげている。

よっぽど当たりどころがよかったみたいだ。

手加減はしたはずなんだけど。

「火影くん、大丈夫？」

夕奈が火影の元に歩み寄って、背中に手を回す。

「まったく、夕奈は優しいんだから」

夕奈に声をかけると、火影の背中に手を回したまま私の方を向いた。

ちょっと、くっつきすぎだって。胸、当たってるし。

「……睦月、やりすぎだよ」

ほんとお人好しなんだから。

他人のことになると、自分のことが見えなくなる。

それが夕奈の良いところなんだけど、悪いところでもあるんだよなぁ。

火影は相変わらず腹を押さえながらうめき声をあげている。

ただ、さっきと違うのは、目のやり場を考えているのか視線が宙をさまよっていること
と、夕奈の体が密着しているからか顔が真っ赤なことだった。

「じゃあ、夕奈は火影にそんな格好見られてもなんとも思わないんだ」

「……え？」

夕奈は自分のやっていることに気付いたのか、急に火影の体から離れた。

「きゃあ。火影くん、ごめんなさい」

いや、謝らないといけないのは火影のほうなんだけど。

当の本人は相変わらずの格好で、今度は鼻の下を伸ばしている。

「このバカは……いい加減、自分のやってることを理解しなさい」

再び火影の鳩尾に、今度は蹴《け》りを入れた。

「い、痛い。やめてよ睦月」

「睦月、やめようよ。火影くんだってわざとやったんじゃないんだから」

「火影、さっさと出てけ」

「わかった、わかったから、蹴るのを止めてよ」

まったく、情けない。

火影がよろよろと起きあがろうとする。

夕奈が火影に手を差し出す。

「あ、ありがとう、夕奈。」

夕奈ったら、また自分の格好を忘れてるし。

手を引かれた火影がよろよろと起きあがった。

おびえたような目で私を見ている。

ただ視線の先は私の目ではなく、もっと下に向いていた。

そうだ、私も下着姿だったんだっけ。

「まだ殴られ足りないの？」

ちょっとドスをきかせた声でそう言いながら、睨《にら》み付けた。

すぐに火影は目をそらす。

まあ、ほんとは火影に下着姿くらい見られたところでどうってことないんだけど。

火影には、小さい頃から裸を見られてるし、興奮しても襲いかかるような度胸もない。

ただ、ここは女子部の部室で、私だけでなく夕奈や白露さんもいる。

男はさっさと追い出すに限る。

「ご、ごめん」

私の意志をようやく理解したのか、火影がドアのほうを向いた。

はぁ、やっと出ていくか。

そういえば、火影はなんで中に入ってきたんだろう。

覗《のぞ》きとかそういったことはやるような奴じゃない。

ましてや、女子部の部室、しかも中で人が着替えているかもしれないこの時間帯に、ノックもなく入ってくるなんて絶対にない。

そういえば、入って来たときはずいぶん興奮してたような。

なにか言いかけてやめてたっけ。

ドアを開ける火影の背中に声をかけた。

「ねえ、火影あんたなにを……」

私が言いかけると、目の前を白露さんが通り過ぎた。

「待って、野道君」

その言葉と同時に、白露さんが火影の背中に抱きつく。

もちろん白露さんも下着姿だ。

私も夕奈も状況がさっぱり理解できていない。

火影が振り返ると、やっぱり不思議そうな顔をする。

「え？　え？」

戸惑う火影に向かって、白露さんが口を開いた。

「ねぇ、野道君……野道君は好きな女の子とかいる？」

「はぁ？」

いきなりなにを言っているんだろう。

白露さんが火影の背中に胸を押しつけている。

火影は困ったような照れているような表情を浮かべている。

「白露さん、やめなさいよ。火影を喜ばせてどうするのよ」

これじゃ、なんのために火影を追い出そうとしてたかわからないじゃない。

「あら、あなたは関係ないんでしょ。ね、野道君」

「あ、いや、そんなことは……」

火影が私と白露さんを交互に見つめる。

どっちに従おうかと悩んでいるんだろう。

まったく、優柔不断なんだから。

「日向さんは知らないんでしょうけど、野道君ってけっこうモテるのよ」

確かに白露さんの言うように、火影は結構モテる。

こんな軟弱者のどこがいいんだか理解に苦しむんだけど。

私に、告白されたけどどうしようと相談してきたこともある。

そのときは、なんで私に相談してくるのと言って追い返したけど。

結局、火影が女の子と付き合ってたという話は聞いていない。

付き合いたい女の子がいるなら、私なんかにきかないで付き合えばいいのに。

どうも私は火影に保護者みたいに思われてる気がするんだよなぁ。

それとも、誰か好きな女の子でもいるのかな。

「火影君。あんなガキみたいな子の相手してないで、私と付き合わない？」

「なっ、ガキみたいって……」

確かに胸はないけど、それは言い過ぎじゃないの。

「どうせあの子はなにもしてくれないんでしょ。私なら火影君に色んなことしてあげるのになぁ……」

白露さんが火影の耳元で囁《ささや》いた。

すらりと伸びた綺麗な手が、火影の体をまさぐっている。

それにしても、白露さんはなにを考えているんだろう。

私に対する当てつけのつもりなのかな。

「え、白露さん……あの……」

火影が、助けてと言いたげな目で私を見た。

もう、嫌なら自分でちゃんと断ればいいのに。

ほんと気が弱いんだから。

「睦月ぃ……」

……情けない。

もうっ、仕方ないなぁ。

なんか知らないけど、見ていてイライラするし、助けてあげることにしよう。

「ちょっと、白露さん。いい加減にしてちょうだい」

「く、くくくく、あはははは。冗談よ冗談」

突然、白露さんがお腹《なか》を抱えて笑い出した。

「な、なんなのこの人」
私と夕奈、それに火影が、白露さんを不思議そうに見つめた。

10

2004年8月28日（土）
白露清夜［自宅マンション・自室］
午後10時58分

「ふふっ」
自己催眠から目覚めた私は、ついつい鼻で笑ってしまった。
よりによってこんなこと思い出すなんて。
たしかあれは、私が睦月たちとつるみだすきっかけとなった日だ。
私は睦月たちのことを快く思っていなくて、それで睦月に突っかかっていったんだ。
それで、そこに火影が入ってきて睦月たちのやりとりがあって。

私が火影をからかってみたら、みんなの反応が面白くて笑い出して……。

そのままわけのわからないまま和解しちゃったんだ。

あの頃の私は、睦月たちのことを羨ましく思っていたんだと思う。

お互いのことをよく理解してて、信頼していて、すごく仲がよくて……。

なにより、感情をぶつけ合っている姿に強く惹かれた。

ただ、見ていて気になったのは睦月と火影の関係だった。

お互いがすごく相手を想《おも》っているのはすぐにわかった。

でも、火影は睦月に対してなにも言い出せないでいたし、睦月は自分の気持ちに気付いてすらいなかった。

だから、私がなんとかしてあげようと思った。

いや、そこまで傲慢《ごうまん》に思ってはいなかったにしろ、この二人をそばで見守って、時には背中を押してやろうと思った。

そうしないと、いつまで経っても二人の関係は進展しないだろうから。

まあ本当のところは、見ていて面白そうと思っただけかもしれないけど。

で、結局そのカップルは長い長い紆余曲折《うよきょくせつ》を経て結ばれた訳なんだけど。

……あの後、どうなったのかな。

そういえば同窓会以来、睦月とも火影とも連絡を取っていない。

時計に目をやると十一時を回ったところだった。

「まだ起きてるかな？」

携帯を手にとって、履歴を検索する。

同窓会の頃の履歴が残ってるってのも、友達が少ないみたいでちょっと嫌だ。

まあ、実際に少ないんだけど。

表示を日向睦月に合わせて通話ボタンを押す。


プルルルル……。


「もしもし、清夜？」

ワンコールですぐに呼び出し音は終わり、代わりに睦月の声が聞こえた。

「ええ、そうよ」

「どうしたのいきなり」

そう聞かれると結構困る。

私が電話をしたのはなんとなく以外のなにものでもないからだ。

「え、ああ、別に大した用はないんだけど。ちょっとみんなのことが気になってね」

「ふ～ん」

「なによ」

「いや、珍しいなぁって。清夜が用もないのに電話してくるなんて」

確かに珍しがられるのもおかしくない。

私にとって電話は連絡のための道具で、コミュニケーションツールとしてはほとんど使わない。

「そうね。で、みんなは元気」

アーチェリー部のみんなのことを聞きたければ睦月に聞くのが一番手っ取り早い。

睦月の通う大学だけでも、睦月と火影、さらに一年後輩の千草初日《ちぐさはつひ》と海原冴《さえ》がいる。

夕奈ともよく連絡をとっているみたいだし、さすが元部長といったところだ。

「うん、みんな元気にしてるよ。初日と冴くんはキャンパスで一緒にいるのをよく見かけるし、夕奈は仕事がんばってるみたいだし」

「ふ〜ん。で、あなたたちはどうなの？　火影とは上手《うま》くいってる」

いきなり睦月が無言になる。

さては、これはなにかあったな。

「火影ぇ？　知らないあんな奴」

「なに。また夫婦ゲンカなの」

もう睦月に対して何度使ったかわからないフレーズだ。

同窓会の時に、しばらくは使わなくていいかと思ったんだけど、こんなに早く使うことになるとは。

「だから、夫婦じゃないって」

「あらあら、同窓会の時は否定しなかったのにねぇ……で、今回はなに？　大の浮気？あ、まさか夜の生活が上手くいってないとか？」

返事を待つが無言が続いた。

「ぅ……」

しばらくすると、言葉の代わりにうめくような変な声が聞こえる。

「なぁに。もしかして図星だったとか」

「ぅ、うん」

こういうときに素直に答えてしまうのが睦月のいいところだ。

私みたいなひねくれ者は絶対にこうは言えない。

湿っぽい感じになるのは嫌なので、ちょっと大げさに笑い声をあげた。

「笑うことないでしょ」

「ゴメンゴメン。でも、なに、火影はそんなに下手《へた》なの？」

まさかセックスの上手い下手でケンカをするとは思えないが、念のため聞いてみた。

「うぅ、そうじゃなくて、聞いてよ清夜。火影ったらエッチの最中に私と瑞穂《みずほ》先生を間違えたのよ。信じられる？」

「ああ、下手なのは火影じゃなくて睦月のほうだったってことね」

確かにセックスしてる最中に別の女と間違えられたら腹が立つ。

私でも睦月と同じ反応をするだろう。

でも睦月と火影の場合だと、睦月のほうから折れないときっと関係は修復されることはないだろう。

「はぁ？　どういうこと？　私が悪いってこと？」

だからこの場合、睦月のほうから仲直りを申し出るように誘導しないといけない。

「まあ、こういうことの責任はお互い様だと思うけど。男にとっても初めてってのは大切なことなのよ。それを忘れさせるくらいの気持ちでいかないと」

「うーん、そうなのかなぁ……」

口から出任せ、かなり心にも無いことを言っているが、睦月は納得しかけている様子だ。

いや、二人が上手くいって欲しいという気持ちはある。

「そうよ。なぁに自信ないの？」

「ちょっとね。だって瑞穂先生ってエッチ凄《すご》く上手そうだし。火影もすごいことされてたんじゃないかなぁって」

確かに瑞穂先生が相手となると、睦月じゃ勝ち目は薄い。

まあ、セックスのテクニックに限定しての話だけど。

「たしかにね。じゃあ、私が色々と教えてあげようか」

「遠慮しとく」

「いつも夕奈とレズごっこしてたじゃない。夕奈とはできても、私とは嫌なのね」

「そういう問題じゃないでしょ」

私としても、レズごっこをするなら夕奈のほうがいい。

夕奈のほうが女の子らしいし、イジメ甲斐《がい》がありそうだ。

普段気の強い睦月をイジメるのも楽しそうだが、相手が私じゃケンカになりそうだ。

別に女の子に興味があるわけじゃないし、そんなにしてみたいとも思わないけど。

「冗談よ、冗談。ま、結局のところ肝心なのは上手い下手とかじゃなくて、愛よ、愛。火影のこと好きなんでしょ？」

「……そうだけど。でも、やっぱりムカつく。今回は火影が悪いんだから、向こうから謝ってくるまで許してあげない」

まったく、火影が相手になると素直じゃなくなるんだから。

仕方ない、後で火影に睦月も仲直りしたがってるとでも言っておこう。

後々どうなるかは本人たち次第だ。

どうせすぐ仲直りするんだろうけど。

「ところで……清夜のほうはどうなってるの？」

「なにが？」

「とぼけないでよ。決まってるでしょ、蒼穹先輩のこと……」

聞かれると思った。

まだ話したい気分じゃない。

睦月には悪いけど、今日のところは適当に誤魔化しておこうかな……。

第2章　封じられた思い

1

２００２年７月27日（土）

野道火影［私立白南風学園・男子アーチェリー部部室］

午後８時03分

……あれ？

僕、どうしたんだっけ？

朝起きてすぐみたいに、頭がぼんやりとしてる。まだ夢の中にいるみたいだ。

確か部活が終わって、着替えようと部室に行って……。

それで……それで？

どうも部室に戻ってきてからどうしたのか思い出せないや。

疲れて寝ちゃって、そして気がついたら夜に……それもかなり遅くになってしまったとか、そんなところなのかな。

そうかもしれない。それだと、こんなに真っ暗なのも納得がいくし。

でも、だとしたら誰か起こしてくれてもよかったのに。

ほかの部員たちは……先に帰っちゃってたからいいとして、睦月は……起こしにきてくれそうにないなぁ。

だったら夕奈……って、別に一緒に帰る約束をしてたわけでもないんだった。

はぁ……なんだかみんなから忘れられてるみたいだなぁ。


ギィ……。


そんなことを考えていると、部室のドアが開いた。

そしてパチッという電気をつける音がする。

「誰？」

誰か忘れ物でもしたのかもしれない。

いや、もしかしたら睦月が心配して見に来てくれたとか？

だったらうれしいんだけど……。

そこまで考えて、僕は違和感に気づいた。

おかしい。電気がついたはずなのに、どうしてこんなに真っ暗なんだろう。

あれ？

そういえば、身体もあんまり動かないや。

どうして……。

「あ、いたよ」

「もう気づいてるのかなぁ？」

「みたいだけど……それにしてもいい格好ね」

夕奈と、初日ちゃんと……あとは白露の声だ。

って、どうして女子部員がここにいるんだ？　ここは男子部の部室……。

「ふぉぅ……ふがぅ。……むぅっ」

どうしたの？　そう言おうとすると、僕は声が出せないことに気づいた。

少し冷静になって、自分の状態を確かめた。

声が出せないのは、ハンカチかなにかで口に猿ぐつわがされているせいだ。

電気がついていても暗いのは、目隠しをされてるせい。

手と足もなにかで縛られている。

どういうこと？　……なんで？

「ふぐっ……むふぅっ」

さらに自分の格好に気づいた。

服を着ていない……。

こんな状態を女の子たちに見られるなんて恥ずかしすぎる。

手足を縛ってるものをはずそうと必死に暴れた。

「そんなに暴れなくていいのよ、火影」

芋虫みたいに暴れている僕に、白露が声をかけてきた。

吐息がかかるくらい近い距離。

その距離に、僕は思わず暴れるのをやめた。

「ふぁ、ふぁふぅ……ふぅ？」

声の聞こえた耳元の方に顔を向けた。

白露だけじゃなく、他の二人の気配もすぐ近くに感じられる。

「……かわいがってあげるから」

その白露の一言が、始まりの合図だった。


ちゅく……ぴちゃっ……。


「ふっ……ふぅっ、んぅ」

多分、白露が顔や首筋を、夕奈は足の指や太股《ふともも》を、そして初日ちゃんが僕のペ○スを愛《あい》撫《ぶ》している。

三人に取り囲まれた僕は、為《な》すすべもなく身体を這《は》う舌や指に身を委《ゆだ》ねていた。

猿ぐつわははずされたものの、まだ手足は拘束されて目隠しもされたままだ。

全く抵抗することはできない。

もし身動きがとれても抵抗したかどうかは疑問なんだけど。

「ぅふふ……火影の声、可愛《かわい》い」

「ん、ふぅ……火影先輩、女の子みたぁい」

「初日ちゃんそんなこといっちゃだめだよ。ほら、女の子にはこんな立派なオチ○チンついてないでしょ」

「大きさだけは大人顔負けね。火影、睦月のこと考えて毎晩一人でやってるんでしょ？」

「ぁむ……あっ、今、ぴくぴくってしたぁ」

「睦月の名前に反応したのかしら……ちょっと妬《や》けちゃうわね」

「清夜……あんまり言うと、火影君かわいそうだよ……それより、もっと気持ちよくしてあげましょう」

「それもそうね……」

三人の女の子たちは、白露の言葉を受けて再び僕の体に群がって愛撫を再開した。

「ぅ、ん……ぅふふ……こういうのは、どう？」

白露がそういって僕の耳の裏から首筋、鎖骨から胸板と、舌でなぞっていく。

「っ……くあっ」

僕は身体に電流が走ったみたいに体を弓なりに反らせた。

「んふふ、ごめんなさい……でも、気持ちよかったでしょう？」

「あは……火影先輩のここ、乳首噛《か》まれてまたびくびくってしたぁ」

初日ちゃんが僕のぺ○スから口を離して楽しそうな声を上げる。

「聞くまでもなかったわね。ん……、ほんと女の子みたいよ、火影」

白露がさっき噛みついた乳首を、今度は舌で優しく舐《な》めはじめる。

噛まれた時とは違う、その感覚に僕の身体はゾクゾクと震えた。

「男の子も、ここで感じるってわかった？」

「ぁ……」

今度は右の乳首を吸い上げながら、左の乳首を手のひらや指で愛撫してくる。

白露にそうされるたびに、ぼんやりとした白い幕が僕の頭を覆っていく。

「火影君……どう？」

僕の顔にキスをしながら夕奈がきいてくる。

「切なそうな顔してる……もっと声出してもいいんだよ……」

「そ、そんなこと……ぁ……あぁぁぁっ」

さっきから何度も絶頂を迎えそうにはなっていた。

だけど射精しそうになると、初日ちゃんがぺ○スから口を離してしまう。

絶頂寸前でビクビクと反応するたびに、みんなは楽しそうに笑う。

僕の反応を楽しんでいるんだ。

「ねぇ、清夜……火影君辛《つら》そうだよ。もうイかせてあげたいな」

「ぁん……そう、ね……うふふ…切なそうな顔しちゃって……」

「ぁ……あぁぁぁぁ」

乳首とペ○スを弄《いじ》られ、喘《あえ》ぐことしかできないでいた。

もっと気持ちよくして欲しい。

イかせて欲しい……早く、射精したい。

さっきからそればっかりを考えていた。

手が自由だったら、みんなの前でも構わず自分でするだろう。

仮にこの場に睦月がいたとしても……。

そんなことを考えていると、ペ○スを愛撫していた初日ちゃんが夕奈と交代した。

ひどくゆっくりな夕奈の指や舌は、無意識に僕が腰を浮かせても絶妙なタイミングで避けてしまう。

明らかに焦《じ》らすためのその愛撫に、初日ちゃんの時とは比べものにならないくらいのもどかしい感覚に包まれていた。

そのせいで先走りの液体がすでに溢《あふ》れてしまっている。

これじゃ二人の言うとおり、本当に女の子みたいじゃないか……情けない。

……けど、この快楽からは、逃げられない。

もっと委ねていたい。もっと気持ちよくしてもらいたい。

早くイかせてもらいたい。

何度でも、何度でも……なんでも言うこと聞くから……だから、もっと気持ちよくして。

もっと僕を虐《いじ》めて……いっぱい、いっぱいださせて……。

「ぉ……お願ぃ……」

「ん？　どうしたの？　火影」

「もう……ぁ、ぅふぅっ、ィかせ…て」

「ダメだよ火影君。ちゃんとお願いします、って言わなきゃ。それにもっと大きな声で言ってくれなきゃ清夜に聞こえないよ」

「そ……そん、なぁ……」

「ほら……　どうするの火影。早くイかせてほしいんでしょ？」

「っ」

そんなっ？

僕の表情の変化に白露がまた、笑った。

「それがいやだったら……ほら、早く言って」

意地悪く、白露が耳元でささやく。

その時吹きかけられた息で、僕の理性は完全に吹き飛んだ。

「お願いしますっ……僕のぺ○スを舐めてっ、誰かの中に入れさせて。早く……早くイかせてぇぇええっっ」

どれだけ蔑《さげす》まれても、誰に聞こえてたってかまわない。

早く、この体を鎮めてほしい。

気が付いたときには絶叫していた。

「よくできました。じゃあ、ご褒美をあげるわ……夕奈」

「ぅん……」

白露に促され、夕奈が身体を移動させる。

「じゃあ、いくよ火影君」


くちゅ……にゅぷぅ……。


「ぁ……ぁぁああぁぁっ」

「ん……は、ぁあぅ……、んぅっ」

腰を落とした夕奈の中に、僕のぺ○スが吸いこまれる。

ごぷっ……びゅるぅ……。

夕奈の中に全部はいったところで、僕は射精してしまった。

「火影……はやすぎ」

白露の声。

呆《あき》れてるのか、楽しんでいるのかはちょっと分からないけど、たぶん両方だと思う。

「仕方、ぁん……ない、よ。火影くん、今までずっとイかしてもらえなかったんっ、だから、ぁあああん」

射精した直後の僕に構わず、夕奈が再び腰を動かしはじめた。

夕奈の締め付けに、僕のペ○スはすぐにまた固さを取り戻す。

一度くらいの射精じゃまだまだおさまる気配は無かった。

「え？　あっ……ぁあん…ふ、ぅうっ」

射精することで少し余裕を取り戻した僕は、下から夕奈を突き上げる。

「こ、今度は夕奈を気持ちよくするから」

手枷《てかせ》のせいで僕が巧《うま》く動けない。

白露たちから見れば二人の動作は酷《ひど》く滑稽だったと思う。

だけど突き上げるたびに、夕奈は気持ちよさそうに声を上げた。

バランスを保てない不規則な突き上げが、逆に快感なのかも知れない。

「ぁ……火影君っ……いいよぉっ、もっと、もっとぉ」


ぐじゅっ、にゅるぅっ……じゅぷっ。


出し入れするたびに、結合部から僕と夕奈の混じり合った液体がぐじゅぐじゅと音を立てはみ出ていくのがわかった。

「夕奈のここ、すごいよ……抜けちゃいそうなくらい溢れてるのに、引きちぎられそうなくらい締め付けてっ」

「火影君のも……っぁうっ、おっきぃ、よぅ……ぅんっ」

突然、目隠しがはずされた。

急に明るくなった視界いっぱいに、上気した初日ちゃんの顔が映る。

「火影せんぱぁい……ん、んふぅ……」

「初日ちゃ……ぁ……？」

瞳を閉じた初日ちゃんが唇を重ねてきた。

口の中で蠢《うごめ》く初日ちゃんの舌に、僕の舌を絡ませる。

初日ちゃんの甘い唾液《だえき》の味がした。

「ん、ぷはぁ……火影せんぱぁい……初日のここも、おねがぁい……」

「は、初日ちゃん……」

唇を離した初日ちゃんが体勢を移し、濡れているあそこを顔に近づけてくる。

溢れ出た愛液が、ぽたぽたと滴《したた》って僕の顔を濡らした。

「せんぱぁい……舐めてぇ。先輩たちの見てたら、こんなになっちゃったんだから……はぅん……おねがぁい…」

甘い声で初日ちゃんが僕を誘う。

腰を落とし、僕の顔に愛液で濡れたそこを唇や鼻先にこすりつけてくる。

僕は言われたとおり、舌を伸ばし溢れてくる初日ちゃんの愛液を舌ですくい取り、音を立ててすすった。


ちゅぱっ、ぢゅる……ぐちゅっ……。

「あっ……せんぱい、そこっ、もっと、奥まで舐めてぇっ」

「初日ちゃん、すごい……どんどん溢れてくるよ……」

「ぁんっ、だってっ、くぅん……だってぇぇぇえぇっ」

「まったくもう……三人だけで楽しんじゃって、私のこと忘れてるんじゃないの？」

初日ちゃんの喘ぎ声を割って、白露の不満そうな声が聞こえた。

「だったら……ぁん、火影君の手枷、はずして……んっ、指でしてもらったら……あぁぁあっ」

腰を動かしたままで、夕奈が喘ぎながら白露に提案する。

「そう……ね。順番待ちの間は火影の指で我慢するわ。火影……今手枷をはずしてあげるからね」

白露が僕の両手を縛っていたタオルをはずしてた。

そして自由になった僕の手を掴《つか》んで、自分のあそこに引き寄せる。

どうやらもう自分でしていたようだ。

白露のあそこは、もう挿入できそうなほど十分に湿っていた。

「ん、ぅん……火影、激しくして、いいからね……」

その声に頷《うなず》き、すでに愛液を滴らせている白露の中に指を入れ、乱暴にかき回した。

中は充分すぎるほど潤っていて、締め付けながらも僕の指をすんなり受け入れた。

「ひっ、ゃあぁっ……あぅっ……火影、いいよっ、指……もっと増やしてぇっ」

言われたとおりに、二本差しこんでいた指を引き抜き、三本に追加してさっきよりも激しく出し入れする。

「あっ、んぅう……火影、上手っ……ぁ、ぁぁあああっっ」

「ぅうん、せんぱぁいっ……初日っ、いぃっ……いいのぉっ」

「ダメっ、私、もうイク……火影君っ見てっ……私、イくっ、イっちゃうよぉぉぉっ」

「くっ、夕奈っ」

「あっ、ぁあ……ぁぁぁぁあああああぁぁあっ」

三者三様に喘ぐ女の子たちの中で、夕奈が最初に絶頂を迎えた。

がくがくと身体を痙攣《けいれん》させ、そのまま荒い息を吐いて動きを止めた。

夕奈の中が、きゅぅっと収縮する。締め付けられた僕のぺ○スも、すでに限界を訴えだした。

「ゆ、夕奈っ、僕も、僕ももうっ……」

空いている手で夕奈の腰を押さえ、夕奈の中を今までよりさらに激しく突き上げる。

荒い吐息を吐いていた夕奈が、また喘ぎだした。

「あぁ……んっ、火影君、そんな、はげしぃっ、私、またっ、またイっちゃう、よぉぉ」

「っ……いいよっ夕奈っ、あぁっそろそろっ」

「火影君……っ、今度は、口でっ、私の口の中に出してぇっ」

「くっ、んぅ……っ、夕奈っ、夕奈ぁ」

「くっ……」

「んっ、んぅぅん……」


どぴゅ……びゅるっ……。


夕奈の中に僕の精液を流しこむ。

「んんっ、あぁぁぁぁ……」

夕奈は残った精液を吸い出してから、僕のぺ○スを離れた。

「ぅん……ふふ……火影せんぱぁい、そんなに気持ちよかったんですかぁ？　夕奈先輩の中……」

惚《ほう》けたような表情の僕に、腰を上げた初日ちゃんが、上気した顔で笑いながら訊《き》いてきた。

初日ちゃんにぼんやりとした意識で頷いていると、僕のぺ○スから夕奈が離れた。

「火影君……清夜にもっといいコトしてほしい」

「ぅ……んぅ？」

もっと……いいこと？

「そのためには、まず私と初日をイかせてもらわないとね」

白露が不敵に笑う。

でも、僕は気力も体力も使い果たしていた。

「ちょっとだけ、休ませてよ……」

「嫌ならいいのよ……そうねぇ、睦月にこのことばらしちゃおっかな」

そんなっ、こんなことを睦月に知られでもしたら……そんなのダメだ、絶対に。

「あぁ、睦月お姉ちゃんの名前きいて、またオチ○チンがおっきくなった」

「どう？　睦月にばらされたくないでしょ？　私たちにもっと気持ちよくしてもらいたいでしょ？」

さっきからどんなに拒絶していても、三人の言葉には逆らうことが出来ない。

理性がどれだけブレーキをかけても、もたらされる快楽に僕は従ってしまう。

情けない。心底そう思う。

でも同時に、彼女たちの要求を受け入れることに快感を覚えている自分がいた。

僕は逆らえない。逆らったら、気持ちいいコトしてもらえなくなるから。

だから、僕は……僕は……。

「まだ、私と初日はイってないんだから、がんばって……ね？」

枷を解かれたというのに、僕の頭には逃げだそうとか抵抗しようとか、そういった行動は浮かばなかった。

ただもっと気持ちよくしてもらいたい……。

それだけが頭の中を埋め尽くし、僕は白露の言葉に頷いていた。

2

2001年9月10日（月）
白露清夜［私立白南風学園・アーチェリー場］
午後7時13分

部活が終わった後、私はひとり居残り練習をしていた。

誰もいなくなったアーチェリー場で黙々と矢を射つ。

数をこなしたからといってすぐに上達するようなスポーツじゃないということは分かっ

ている。それでも、今日はとにかく矢を射ちたい気分だった。

最近、どうも睦月や夕奈に差をつけられている気がしていた。

私もそれなりに上達しているという実感はあるんだけど……。

焦りにも似た気持ちが私の中でもやもやと漂っている。それをすっきりさせたかった。

「ふぅ……」

クイーバーの矢をほとんど射ったところで小さくため息をついた。

どうも集中できていない。

的の方を見てまたため息をついた、射った矢はそれなりに当たってはいるがひどくまばらだ。

やっぱり、半端な気持ちで射った矢は半端にしか当たらない。

今日はこれ以上やっても無駄かもしれないな……。

「もう、帰ろうかな」

そう呟《つぶや》いた時、ふと出入り口の方から声が聞こえてきた。

「いたいた、なんだよ、ここにいたのか」

「まだユニフォーム着てるぜ」

「へへっ、そいつはいい、楽しめそうだ」

声のする方に目を向けると、数人の男子たちがアーチェリー場に入ってくるのが見えた。

男子たちはまっすぐに私の方に向かって歩いてくる。よく見ると男子部の先輩たちだ。

先輩たちは、私のすぐ近くで立ち止まった。

「よう白露、ひとり残って練習か？」

「……はい。でも、そろそろ帰ろうかと思っていたところです」

私は、目を合わせないようにそう答えると道具を片づける用意に入った。

先輩の中にも尊敬できる先輩と尊敬できない先輩がいる。

ここにいる先輩たちは、私の中では後者に属する先輩たちだった。

「なんだよ、そんな急いで帰ることないだろ」

そう言いながら、先輩の一人が私の腕をつかんだ。

「放してください、迷惑です」

「そんなに邪険にするなって。そうだ、せっかくだから特別に個人指導してやるよ。手取り足取りな」

そう言った先輩は含み笑いをしていた。それにつられるように他の先輩たちも小さく笑っている。

その笑いにいやな気配を感じた。

私は顔を上げて私の腕を掴んでいる先輩に目を向けた。

「っ……？」

背筋に寒気が走った。

先輩はいやらしい笑みを浮かべて私を……私の体を見ている。

他の先輩たちを見ると、みな似たような笑みを浮かべている。

容赦ない視線が私の体中を這い回っていた。

「く……」

視線の圧力に押されるように私は後ずさろうとした。

でも、私の腕を掴んでいる手がそれを許さなかった。

「おっと、せっかく教えてやるっていってるんだから、もうちょっとつきあえよ」

「は、放してっ」

「人の厚意は素直に受け取るもんだぜ」

他の先輩たちがいつの間にか私を取り囲んでいた。

もう、逃げ場はない。

「さーて、まずは姿勢のチェックでもしようか。白露、弓をもちな」

腕を掴んでいた先輩は私の意志をあっさりと無視してそう言った。

その先輩は私から手を放すと私の弓を持って押しつけてきた。

私は思わずそれを受け取っていた。

「よし、それじゃあ白露、弓を構えろ。矢はつがえなくていいぞ」

「なんで、そんな……」

「弓を構えるんだ」

「く……」

私は言われるまま、ゆっくりとした動作で弓を構えた。

矢をつがえず、弦に指をかけて弓を引き絞る。いつでも矢を放てる位置まで右手がきたところで動きを止める。

「よし、しばらくそのままでいるんだ」

私は弦を引いた姿勢で立っていた。

その姿を周りにいる先輩たちはじろじろと眺め回してくる。

「しっかし、本当にいい体してるぜ」

「へへ、見ろよこの足。毎日こんなの見せつけられちゃ練習にならねえよな」

「まったくだ……思わずむしゃぶりつきたくなってくるぜ」

粘りつくような視線が体にからみついてくる。

先輩たちの息が荒くなっている……。

「んぅ……く……」

私は嫌悪感を覚えると同時に、なぜか体が熱くなってきていた。

期待……しているの？

そんな馬鹿《ばか》な、私はそんな……。

「ふふっ。どうした白露、集中できてないぞ」

正面に立っている先輩が、もっともらしくそんなことを言う。

その言葉で我に返った。

「くっ……」

悔しい……。

暁先輩や蒼穹先輩にならともかく、この先輩にそんなことを言われるのは屈辱を感じる。

「ん？　なんだその目は？　ふふっ、どうやら自分の立場がわかっていないようだな……まあ、お前がそういう態度をとるならこっちにも考えがある」

そう言うと、先輩は持っていたバッグの中からある物を取り出した。

「な……まさか……」

「わかったようだな。そうだ、これをつけて弓を射ってもらおう」

それは、いわゆるバイブレーターと言うものだった。

「お前はどうも先輩を敬うという心を知らないようだからな、今日はしっかりと教えこんでやるよ」

先輩は手に持ったバイブを見せつけるように、私の目の前に突き出した。

卑猥《ひわい》な光沢を持ったバイブレーター。

「っ……」

私は思わず喉《のど》を鳴らしていた。

こんな物をあそこに入れて弓を……それを想像しただけで体の奥から熱いものが滲《にじ》んでくるのがわかった。

「い、いやっ……」

「おっと、構えをやめるんじゃない」

私の体は、その言葉に従っていた。

弓を構えたまま動けない……。

「ふふっ、そうだ、もうしばらくその姿勢のまま動くな」

そう言いながら、バイブを持った先輩は私の腿《もも》に手を這わせてきた。

「いやっ……あんっ……ぅん……」

ごつごつとした手のひらの感触が腿を這い回る。

「ん……や……やめて……」

「なにがやめてだ、ここはそうは思ってないみたいだぜ？」

腿を撫《な》でていた感触が上にのぼってきたかと思うと、突然私の大事な部分に刺激が走った。

「いやっ……あっ」

「なんだよ、もう濡れてるじゃないか」

それを知った男子は下着の上から乱暴に指を押しつけてくる。

「んっ……あぁっ……い、いやぁ……」

指に押されて下着があそこにどんどん食いこんでくる。頭では拒んでいても、体はその刺激に反応して愛液を溢れ出させていた。

「ははっ、グチョグチョだ。おい白露、そんなにこいつが待ち遠しいのか？」

「そ、そんな……こと……あはぁっ」

否定の言葉を口にすることは許されなかった。

男子の指が下着ごと奥に射しこまれた。

「あ……あくぅ……んっ……」

「言ってみろよ。私のあそこにバイブを突っこんでくださいって」

「い……や……あっ……あぁっ……はぁんっ……」

あそこに押しつけた指が動かされるたびに、下着がクリトリスと擦《こす》れて耐え難い快感が生まれる。

「ほら、言えよ白露」

「あ……あぁ……入れて……ください……私の、あそこに……その、バイブを……入れて、ください……」

なにを言っているの私は？

頭の奥に靄《もや》がかかっているような感じがする。

相手の言うことに逆らえない……。

「おい、聞いたか？」

「いいねぇ、白露がそんなセリフを言うなんてグッとくるぜ」

「股間《こかん》になな」

男子たちの間に下品な笑い声が巻き起こる。

「くぅ……んっ……」

屈辱が胸の内に広がる。でも、それと同時に奇妙な感覚が体の中を駆けめぐった。

こんな状況に感じている……言葉で辱められて感じている。

そんな現実に私は絶望と、新たな快感を覚えていた。

そして、これから行われるであろう行為を思うとあそこが熱くなる……。

「じゃあ、とりあえず下着を脱がないとなぁ。おい、ちょっとスカート持ち上げてくれ」

バイブを持った先輩がそう言うと、私の後ろに立っていた先輩がスカートを持ち上げた。

下着がむき出しになる。

「いやっ……いやぁ……」

「へへっ、いい眺めだな、白露」

バイブを持った先輩はそう言いながら私の前にしゃがみこむと下着の端に手をかけた。

「あっ……だめ……」

「そのままじっとしてな」

下着にかけられた手がゆっくりと下げられていく。

私は弓を構えた姿勢のまま、なすがままになっていた。

ゆっくり、ゆっくりと下着が下がっていく。

そして、なぜかそれをもどかしく感じている自分がいた。

なに……この感覚は……。

見て欲しいの？　入れて欲しいの？　私は……いったい……。

「くくっ、さあ、白露のあそこだ」

下着を下げていた先輩がおどけた声を上げる。

それと同時に、ぎりぎりであそこを隠していた下着が一気に股下《またした》まで引きずり下ろされた。

「あんっ……」

先輩たちの前に秘所がさらされる。

そう思った瞬間、また体の奥から熱いものが溢れ出した。

「おいおい、あそこと下着の間に糸引いてるぜ」

「ははっ、とんだ淫乱《いんらん》女だ」

「こんな状況で濡らしてるなんて、変態だな」

「これが白露の本性か？」

「淫乱変態白露だ」

陰湿な笑い声が巻き起こる。

「へへっ、こいつを早く入れてほしいんだろ？」

そう言うと、持っているバイブの先端を膣《ちつ》にあてがってきた。

「はんぅっ」

無機質な冷たい感触に体がはねた。

期待であそこがヒクヒク蠢いているのを感じた。

でも、すぐにバイブを差しこもうとはせず、ゆっくりと膣の入り口をなぞるように動かしている。

「あっ……いやぁ……そんな……じらさないで……あんっ……お願いぃ……」

あまりのじれったさに私は懇願していた。

まともに思考することができない。意識が情欲で白く濁っていた。

そんな私の姿を見て、先輩たちはさらに笑い声をあげた。

「本当に淫乱の好き者だな……そんなに入れて欲しいのか？　ん？」

その問いに、私はただ首を縦に振った。言葉で伝えることすらもどかしかった。

「わかったよ、そこまで言うんなら入れてやる」

その言葉と共に、バイブの先端がゆっくりとあそこを押し広げて入ってきた。

「あぁ……あ……くぅ……あぁぁぁ……」

もどかしいくらいゆっくりとバイブが侵入してくる。

鈍い快感が持続的に送られてくる。

「まだまだあるぞ、もっと奥まで銜《くわ》えこめ」

「あっ……あんぅっ……んぅぅぅっ……」

私は無意識のうちに自ら腰を前に突き出していた……自分の一番深いところまでバイブを誘い入れる為に。

「見ろよ白露の奴、あんなに銜えこみやがって」

「いやらしい格好だ……たまんねぇな……」

先輩たちの視線が、あそこに集中しているのがわかる。

視線が熱い……。

その間も、バイブを持っている先輩はゆっくりと私の中にバイブを沈みこませてきていた。

「んぅ……くぅ……ぅ……」

「へへっ、ほとんど入っちまったぜ」

そう言って、私の前にしゃがみこんでいた先輩はバイブから手を離した。

「あっ……んぅっ……」

「へへ、白露のあそこからバイブが生えてるみたいだ」

「変態白露にはお似合いの格好だな」

「い、いや……そんなこと……」

でも、そんな言葉に体が反応していた。

膣とバイブの間から溢れた愛液が、腿を伝っていく感触……。

「さて、準備もできたことだし、今度は矢を射ってもらおうかな」

「え？」

「これもメンタルトレーニングのひとつさ。これくらいの刺激に耐えられないようじゃ上達は無理だからな」

先輩はニヤけながらそう言った。

「でも、こんな……」

「いいから、早く矢を射ってみろ」

「は……はい……」

私は、クイーバーから矢を取り出すと弓につがえた。

「あっ……く、ぅ……」

スタンスを取ろうとして足を開こうとすると、刺さったバイブが抜けていこうとする。

「おっと、バイブは落とすなよ」

「んぅっ……あっ……」

バイブが落ちないように、力をこめてバイブを締め付ける。

足ががくがくと震え出す。

「どうした、早くしろよ」

「わ……わかってる……」

意を決して、私は弓を持ち直した。

できるだけ素早い動作で弦を引き絞って、矢を放つ。

しかし、私の放った矢は文字通り的はずれの方向へと飛んでいった。

「……はぁ、はぁ……」

でも、今の私には弓を引いて矢を放つまでの一連の動作を行うことが精一杯。

本当は立っていることさえ辛い……。

あそこに刺さっているバイブが落ちないように力をこめた。

入りこんだバイブは、鈍い快感を私に与えてくる。

「んっ……あぁ……」

もどかしい……。

いっそイかせて欲しい。

でも、こんなところでイかされるのは……。

こんな、恥ずかしい格好を見られながらバイブでイってしまうなんてことは……。

矢を射つことで、少しだけ理性を取り戻せた気がした。

「どうした白露、集中できてないんじゃないか？」

前に立っている先輩がにやついた笑みを浮かべながら言う。

私は、残っている理性を振り絞ってその先輩を睨《にら》みつけた。

「ふふっ、まだそんな態度が取れるのか……」

すると、その先輩はポケットの中からなにかを取り出した。

プラスチック製らしい、小さな箱のようなもの。その箱には、なにやらスイッチのような突起がついている。

あれは……まさか……。

「気づいたようだな。そうだよ、察しのとおりだ……こんな風にな」

そう言って、先輩は箱についているスイッチを押した。

その瞬間、膣に潜りこんでいるバイブが小さくうねり出す。

突然の衝撃に、私は膝《ひざ》から床に崩れ落ちた。

「あふぅっ……あんっ……い……やぁ……だ、だめっ……もう……い、く……あ……？」

絶頂に達しようかと思ったその瞬間、バイブの振動が止まった。

「おいおい、なに感じてるんだよ白露。これはあくまでも練習なんだぜ？」

「で……でも……私……私、もう……」

「イきたいのか？」

残っていた理性は一気に吹っ飛んでいった。

私は無言で頷いていた。

イきたい……。

こんなもどかしいのはもう耐えられそうにない……。

「くく、いいだろう。そうだな、そのクイーバーに残っている矢を全部射って一つでも当てることができたらイかせてやるよ」

「そ、そんな……」

「どうした、イきたいんなら早くしな」

「くっ……」

私は小さくうなると、ゆっくりと立ち上がった。

的の方を向き直り、クイーバーから矢を取り出す。

残る矢の本数はこれをあわせて2本。

取り出した矢を弓につがえ、構えに入った。
素早い動作で一気に弓を引き絞る。
そして、矢をリリースをしようと思った直前、バイブが振動を始めた。
「あっ……あはぁっ」
思いがけない刺激を受け、弦から指がはずれた。
飛んでいった矢は、狙っていたところとはまったく別方向へと飛んでいった。
次の瞬間、バイブは振動をやめた。
「あっ……んくぅ……あぁ……」
「ふふっ。さあ、残り1本だ」
バイブのスイッチを持った先輩が、ニヤニヤとしながら言った。
私は朦朧《もうろう》とした意識の中、最後の矢を取り出した。
矢をつがえ、ゆっくりと弦を引き絞っていく。
また、バイブのスイッチが入れられるのだろうか……。
そう思うと、勝手に膣がバイブを締め付けていた。
弓を引き絞っていくとクリッカーが鳴った。矢を射つタイミングだ……。
でも、いつまでたってもバイブは動き出さない。
どうしたの……?

スイッチは入れてくれないの……？
顔を先輩たちの方に向けると、スイッチを持っている先輩と目があった。
先輩はただニヤニヤと笑っているだけだった。
その笑みを見て悟った。
見透かされていた……。
私が、バイブのスイッチを入れて欲しいと思っていたことを……。
屈辱と絶望に全身から力が抜けた。
弦にかかっている指がはずれ矢が飛んでいく。
当然、その矢は的から遠く離れた場所へと突き刺さった。
「はい、はずれ」
先輩の嬉《うれ》しそうな声が聞こえた。
私はその場に崩れ落ちた。
もう自分の体を支えていることができなかった。
意識が濁っている……イきたい……早くイかせてほしい……。
「ふふっ、どうやら白露にはお仕置きが必要みたいだな」
「ああ、きつくお仕置きしてやらないとなぁ」
離れて見ていた先輩たちが近づいてきて私を取り囲んだ。

「そうだな、まずは先輩に対する礼儀を養ってもらわないとな」

そう言うと、先輩たちはみんな服を脱ぎだした。

「とりあえず、こいつに奉仕してもらおうか」

そう言って、先輩たちはむき出しになったぺ○スを私の目の前に差し出した。

グロテスクに脈打っているぺ○スたちが私を取り囲む。

どこを向いてもぺ○スが私を見ていた。中には、先端から液が溢れ出しているのもある。

「へへ、お前のこと見ててこんなになったんだからな。やっぱり本人に処理してもらわないと」

「そんな……」

「なあ白露、イかせて欲しいんだろ?」

「え……あ……」

「口と手で俺たちを全員イかせられたら、お前のこともイかせてやるよ」

「ほ、本当……?」

「もちろん」

私の正面に立っている先輩は、そう言うと私の顔にぺ○スを押しつけてきた。

私は、誘われるように、そのぺ○スに口を付けていた。

「はんぅ……んっ……んっ……んむぅっ……」

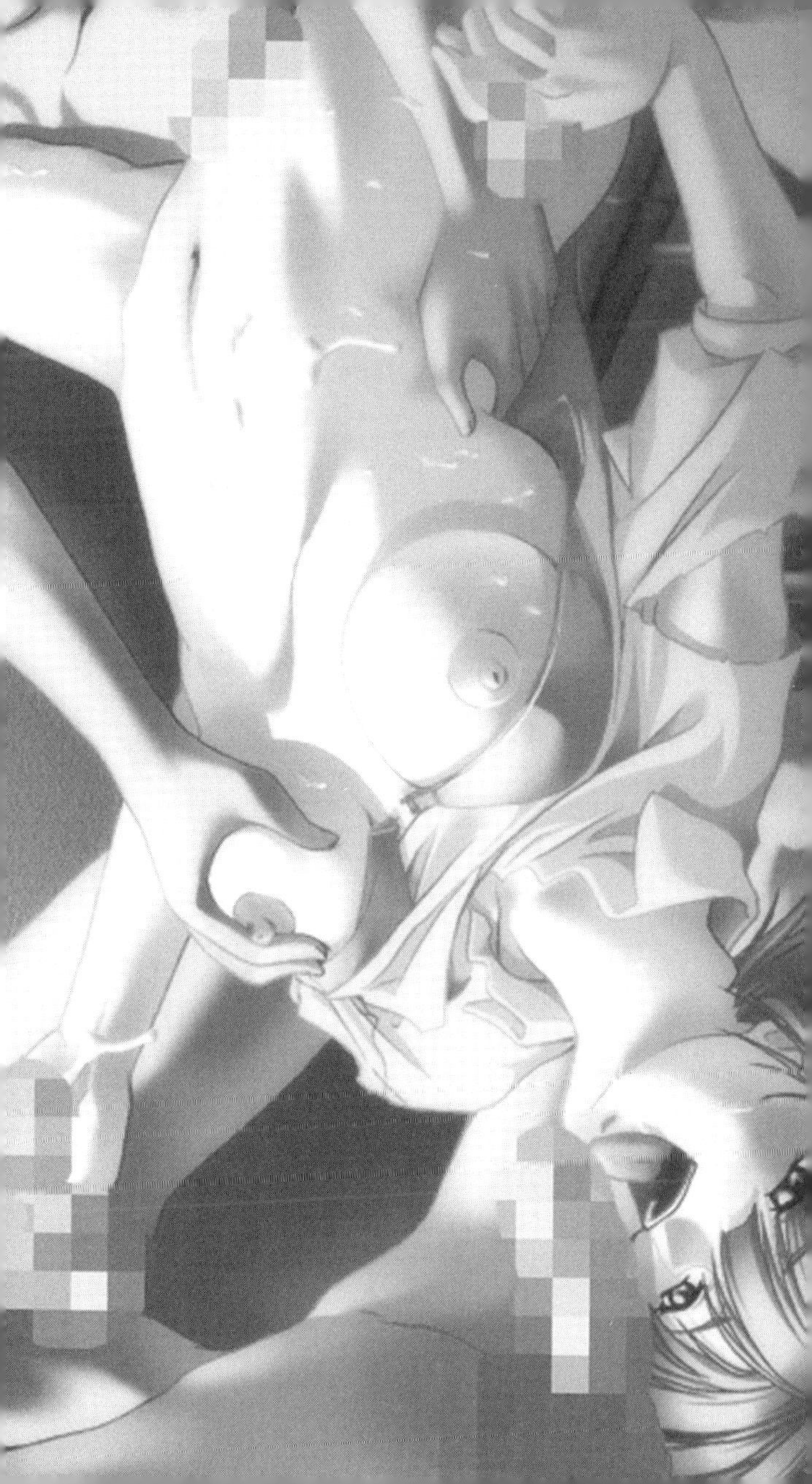

「へへ……いやらしい格好だなぁ白露。ユニフォームを着たままあそこにバイブぶら下げやがってよ」

「い……いや……言わないで……」

「なに言ってんだこの淫乱が。ほら、もっとしゃぶれよ」

「は……はい……んぅっ……んっ、んっ……」

口の中には入りきらないくらい大きなペ○スを銜えて、吸うようにしながら頭を前後に動かした。

「おっ、くぅ……なんだよ、うまいじゃないか……うっ……だ、だめだっ……出るっ」


どびゅうっ、びゅっ、びゅうぅぅぅっ。


「全部飲めよ白露」

「はんぅっ……んっ……あふぁ……」

銜えて少しもしないうちに、先輩のペ○スから大量の精子が口の中に吐き出された。

それを言われた通りすべて飲み干す。

「ようし、次は俺の番だ」

口に射精した先輩が私の前からいなくなると、次のペ○スが私の前に差し出された。

「こんな……続けてっ……」

「次がつまってるんだ、早くしろよ」

そう言うと、その先輩は私の頭を掴んで顔をペ○スに押しつけた。

「はんむ……んんっ……んっ……んっ……」

「おっ、くっ……こいつ本当にうまいぜ……すげぇ……」

「おい白露、あいてる手で俺のをしごけよ」

「ふぁ……はい……」

私は、口と両手で次から次へと先輩たちのペ○スを気持ちよくさせていった。

どれだけの精子を飲みこんだかわからない。

気づくと、私の顔や口の中はドロドロの精子まみれになっていた。

「へへっ、これで全員出したか？」

「あぁ」

「ぜ……全員イかせたわ……だから……お願い……」

私は先輩たちに向かって懇願していた。

さんざん焦らされて、私の体は欲望の虜《とりこ》になっていた。

早くイきたい……早く、イかせてほしい……。

「わかってるって、約束はまもるぜ。ほら、足を広げな白露」

「あ……は、はずかしい……」

私は先輩に向かって大きく足を開いて見せた。

「あそこはもう大洪水だな。なんだよ、俺たちのを舐めてて感じたのか？」

「……」

確かにその通りだった。

先輩たちのペ○スを舐めながら、それを挿入されることを考えていた。

それを考えるだけで、膣からは止めどなく愛液が溢れ出していた。

「そこまで欲しいんなら希望どおりイかせてやるよ」

そう言うが早いか、私の膣からバイブを抜くと一気にペ○スを挿入してきた。

「そ、そんな突然……あっ……あぁぁぁぁぁぁぁぁぁぁぁぁぁぁぁぁぁぁぁっ」

頭の中に白くフラッシュがたかれる。

挿入されただけでイってしまった。

気持ち……いい……。

「へへ、どうだ白露、まだまだ相手はたっぷりいるからな……せいぜいイきまくってくれよ」

そう言いながら、挿入した先輩は腰を振り始めた。

「あっ、あぁぁっ……激しい……いいっ……気持ちいいぃぃぃっ」

私の頭と体は欲望の虜になっていた……。
ただひたすらに、快感をもとめてペ○スをくわえこんでいた。
何度も何度も欲望を吐き出され、その度に私も絶頂を迎えた。
何回イかされたかわからない。
私は、体の中も外も、そして意識の中も真っ白に染められていった……。

3

2004年8月29日（日）
白露清夜［自宅マンション・自室］
午前7時42分

目覚めは最悪だった。
私たちが学生の時に受けた陰惨な陵辱劇。
こんな夢を二本立てで見てしまえば、最悪な気分で起きるのも当然だろう。

このことはもう終わったし、みんなで乗り越えたはずなんだけど。
もうこのことを思い出すつもりはなかった。
それでも夢に見てしまったのは、自己催眠を使ったことが影響したのかもしれない。
睦月たちとのことを思い出したのと同様に、忘れていたことを次々思い出している。
ただ、思い出していることは、決まって忘れていたことだ。
私が今取り戻そうとしている記憶は、忘れていることじゃなく思い出せないことだ。
睦月たちとのこともあの陵辱劇も、今となっては忘れていたことにすぎない。
つまり、私はまだまだ核心に近づいていないということか。
ただ、やっていることは無駄じゃないと思う。
睦月のことを思い出して、彼女と電話で話した。
それだけで、少しだけ記憶にかかった錠がゆるんだ気がする。
その錠をはずせばいい。
時計に目をやると、まだ朝の7時だった。
約束の時間までを外で暇を潰《つぶ》すには、まだ早すぎる時間だ。
やるようなことは他にないし、少しでも早く記憶に近づきたい。
もう一度、自己催眠をかけてみよう。
今度はもっと近づけるはずだ。

4

2001年7月17日（火）

白露清夜［私立白南風学園・アーチェリー部部室］

午後5時08分

「ん……」
目を開くと、ぼやけた景色が広がっていた。
天井と蛍光灯が見える。
どこだろう。
いまいち記憶が繋《つな》がらない。
えっと……私はなにをしていたんだっけ？
確か、部活中に瑞穂先生に呼び出されて部室に来て……。
ああ、そうだ、ここは部室だ。

でもなんでこんなところで眠っちゃったんだろう。
別に体調が悪かったわけでもないし、寝不足ってこともなかったはずだ。
でも、なんだか凄《すご》く気持ちいい。
フワフワした気分で、まるでお酒でも飲んだときみたいな。
ずっと、こうしていたい。
「あんっ」
え、なに。
私の体を包んでいた気持ちよさが、いきなり直接的な刺激にかわった。
誰かの手が、私の体の上で動いている。
その手にいやらしさはなかった。
「……誰？」
その手が誰のものか考える前に、自分の格好に驚いた。
学校の制服を着ていたけど、ずいぶんはだけている。
手の伸びる元に目を向けると、アーチェリー部の後輩、海原冴がいた。
「あ、姉さん。起きてたんだ」
姉さん？
そうだ、海原冴は私の弟、そして私は冴の姉、白露清夜だ。

海原、白露……。

いや、おかしいことはなにもない。

「どうしたの冴。それに、この格好……」

私が冴のほうを見ながら、自分の服を指さす。

冴は心配するような、照れたような表情を浮かべた。

「姉さんが部活中に倒れて、瑞穂先生に言われてここに連れてきたんだ。それで……姉さん、苦しそうだったから……」

確か、瑞穂先生に呼ばれて部室に来た気がしたけど。

なんだか、記憶が混乱してるみたい。

「冴が介抱してくれたのね。ありがとう」

「ご、ごめんね、姉さん。服、そんなにしちゃって」

冴が顔をそらした。

まあ、こんな格好をしていれば当然だ。

もっとも、こんな格好にさせたのは冴なんだけど。

自分でやっておいて、なに照れてるんだか。

「ふふっ、冴ったらエッチなんだから。ねぇ冴、私の体見て興奮した？」

目をじっと見つめながら聞いた。

冴はなにも答えてくれない。

じれったくなった私は、自分の顔を冴の耳元によせて囁《ささや》いた。

「私も見たいなぁ……冴の体」

返事を待たず、服に手をかけボタンをはずそうとする。

冴は体をこわばらせて抵抗した。

「あっ、だめだよ」

「いいじゃない姉弟なんだから、裸を見せ合うくらい。それに私の服は脱がしておいて、自分が脱がされるのは嫌だって言うの？」

私にそう言われると、冴の抵抗がやんだ。

上着を剥《は》ぎ取ると、冴の上半身が露《あら》わになる。

「ふ～ん。冴って結構着やせするほうなのね。痩《や》せてるかと思ってたけど、いい体してるじゃない」

体を舐めるように見つめると、冴は恥ずかしそうに体をよじらせる。

「それで、どうだったの？」

「え？」

冴が疑問の表情を浮かべる。

「冴は私の体で興奮した？」

「ね、姉さん、からかわないでよ」

目を真剣に見つめ、冴の手をとる。

「あら、からかってなんていないわ。ほら、私の体、こんなに熱くなってるでしょ。冴の裸を見たせいよ」

体を引き寄せて、強く抱きしめた。

冴の体温が私の体に伝わってくる。

「あ、ね、姉さん」

戸惑う冴の体を手のひらで撫でる。

そのまま手を下に降ろし、ズボンの上から冴の股間に触れた。

「冴もここをこんなにして……興奮してるんでしょ」

股間に添えた手を動かすと、冴の体がぴくんと跳ねた。

「う、うん」

照れながら、素直であどけない表情でうなずいた。

「やっと正直になったわね」

冴は緊張からか、体を硬直させている。

「ご褒美に、姉さんが気持ちいいことしてあげる」

ベルトをはずしチャックを降ろす。

ペ○スが下着からはみ出しそうなくらい膨張していた。

「こんなにおっきくして、苦しかったんでしょ」

冴のペ○スを優しく手のひらで包んだ。

私が手を上下に動かすと、それに答えるようにヒクヒクと震える。

「あっ……」

「ふふっ、かわいい」

ペ○スを握ったまま、顔を近づける。


チュッ。


先端にそっとキスをしてから、舌を這わせた。

「姉さん、ダメっ」

「なぁに？　私にされるのはイヤ？」

「そ、そんなんじゃないけど……汚いよ」

可愛いことを言ってくれる。

でも、これじゃどっちが女かわからない。

それはそれで楽しいからいいんだけど。

「いいの。気持ちよくしてあげるって言ったでしょ」

再び冴のぺ○スに舌を這わせ、そのまま一気にくわえこむ。


はむっ、ちゅっ、ちゅぱっ。


先端からねっとりとした液が出ている。

それを舌ですくい取るように味わう。

舐めても舐めても次々溢れてくる。

「くっ、姉さん……気持ちいいよ」

膨張していたぺ○スがさらに大きくなった。

凄い……冴がこんなに立派なモノを持ってたなんて。

「出したくなったら遠慮しないで出していいからね」

一度ぺ○スから口を離すと、今度は裏側を上から下へ降りるように舌先を這わせた。

冴が背筋を震わせている。

必死で快感をこらえるような表情をしている。

「姉さん、もうダメ、俺……」

「イきそうなのね……いいわよ、出して。全部飲んであげるから」

ペ○スを口で包みこみ、今度は全体を刺激する。

「うっ……くっ……」

口の中のペ○スが震える。

何度か小刻みに震えた後、一気に膨張した。


びゅくっ、ぴゅ。


「んんっ」

一瞬、頭の中が真っ白になった。

口の中には冴の精液で溢れている。

もしかして、私、口の中に出されてイっちゃったのかも。

「はぁ、はぁ……」

冴が息を切らせている。

でも、まだ休ませてあげるつもりはない。


ちゅっ、ちゅぅぅう。

少しだけ硬さを失った先端から、精液を搾り取るように吸いこむ。

こんなに美味《おい》しいものを、一滴だって残すつもりはない。

「んっ……んむっ……ごくっ」

口に溜《た》まった精液を一気に飲みこむと、なんとも言えないような震えが身を包んだ。

あぁ……美味しい。

冴が少し驚いたような顔をする。

あなたのならいくらでも飲んであげるのに。

「どお？　気持ちよかった？」

「う、うん。今度は俺が姉さんを気持ちよくしてあげるよ」

冴がちょっと真剣な表情になった。

でも私はペ○スを見て小さく笑った。

「我慢できないの間違いじゃないの？」

もう挿入できそうなほどの硬さを取り戻していた。

「姉さんっ」

怒ったように言う。

もう、いちいち反応するんだから。

そこがたまらなく可愛くて、もっとからかいたくなるんだけど。

「冗談よ。じゃあ、誰かさんに中途半端に脱がされた服を、ちゃんと脱がしてもらわないとね」

「もうっ……」

怒りながらも、冴が私を脱がしにかかる。

ぎこちない手つきがちょっとくすぐったい。

脱がされてる間ってのは、なんだか恥ずかしい。

服が体を離れるたびに、自分が観察されているような気分になる。

今回が特に恥ずかしく感じるのは、相手が冴だからかもしれない。

もたつきながらも私の上着が全て脱がされた。

「どお？　姉さんの裸は」

「凄く綺麗《きれい》……姉さん、触っていい？」

冴の手が私に向かってくる。

「ええ、優しくお願いね」

その手を取って、自分のオッパイに押し当てた。

心臓が高鳴っているのが自分でもわかった。

ブラジャー越しにオッパイを揉《も》まれている。

冴の手が、ゆっくりと円を描くように動く。

私に言われたとおり、じれったいほど優しい手つきだ。

もうっ、素直なんだから。

少しくらい乱暴なほうが感じるのに。

なにより布越しなのがもどかしい。

「ねぇ、冴。直接触って」

冴は無言で頷くと、私のブラとオッパイの間に手を滑りこませる。

「んっ」

痺《しび》れるような刺激が私の体を満たした。

冴に直接触られただけなのに。

「姉さん、気持ちいい？」

冴がちょっと心配そうな顔で聞いてくる。

きっと自分の愛撫で私が感じているか心配なんだ。

私はこんなに感じてるのに。

「う、うん、とっても気持ちいい。ねぇ、冴、胸だけじゃなくて、あそこも……」

私の言葉を聞いても、冴の動きは変わらない。

今まで通り、オッパイを揉んでくる。

「あそこを……どうして欲しいの？」

オッパイの先っぽを摘《つま》みながらそう言った。

「あんっ……いじわる……そんなこと言わせないで」

今度は指先で転がされる。

気持ちいいけど、気持ちよくされればされるほどあそこが疼《うず》く。

「さっき姉さんにたくさんいじわるされたからね……言ってくれないとしてあげない」

冴がいたずらっ子のような表情を浮かべた。

もうダメだ、我慢できない。

「私のあそこを冴の指でいじって」

「姉さん、顔が真っ赤だよ……それに、指だけでいいの？」

「……舌も使って」

恥ずかしい……けど、恥ずかしい言葉を吐くのが気持ちいい。

こんなことで感じるなんて……私、変態なのかも。

「ふふっ、姉さんの言うとおりにしてあげるよ」

冴の指が下着の上からあそこに添えられる。

「あぁっ……下着、汚れちゃう……脱がして」

「もう遅いよ。ぐちょぐちょになってる……姉さんったらエッチだから」

添えられた指で何度か擦られた後、下着を脱がされ始めた。

ゆっくりと下着がおろされる。

「ほら、あそこが糸引いてるよ」

「いやっ、そんなこと言わないで」

私が恥ずかしがっている間に、下着が足を抜ける。

露わになった私のあそこを、冴が観察するように見つめる。

冴の視線だけで感じてしまう。

見られただけで、愛液の量が増えた気がした。

「すごい濡れてる……俺が舐めて綺麗にしてあげるよ」


ちゅぷっ、ちゅっ、ちゅっ。


冴の舌が私のあそこを這う。

愛液をすくい取るように舐められる。

「姉さんの……すごく美味しい」

「あぁっ……気持ちいい、もっと、もっと舐めて」

あそこに舌が触れるたび、頭の中が白く光った。

特にクリ○リスに触れた時は、意識が飛びそうなくらいだ。

「ダメ……冴、このままだと私だけイっちゃう」

「いいよ、姉さん。好きなだけイってよ」

「イヤっ、一緒に気持ちよくならなきゃイヤ。冴も、そこをそんなにおっきくして、辛いんでしょ」

冴のペ○スは今にも射精しそうなほど膨らんでいた。

「わかった……じゃあ、挿れるよ……」

冴の先端がわたしのあそこに当てられる。

「うん、来て……冴、一緒に気持ちよくなろっ」


くちゅっ……じゅぶじゅぶっ。


冴が腰を沈めるとともに、湿っぽい音がひびく。

「んっ、あぁ……はいってて、きてる……」

「あっ……姉さんの中、すごく気持ちいい。ちぎれそうなくらい締め付けてきてるよ」

冴の動きが止まった。

根本まで全部入ったんだ。

「んっ、熱い……冴、動いて」

「う、うん。でも俺、動いただけでイきそうだよ」

冴は気持ちよさそうで切なそうなうめき声をあげ腰を動かし始めた。


じゅぷっ、じゅっ、ぐちゅ。


「あっ、あぁ……いいっ、いいよ冴っ」

私の中が掻《か》きまわされると、全身が痺れるような快感に包まれた。

「うっ、姉さんっ……姉さん、俺……」

冴が私の腰を持ち上げ、より密着させ深く深く突き入れようとする。

突き上げられるたび、私は意識を削られていくような快感を受けた。

「ひゃぁ……だめっ、いくっ、いっちゃう」

「姉さん……俺も……」

もう自分がなにをしているかもわからない。

ただ気持ちよくなろうと、冴に合わせて腰を振るのみだ。

「あぁ、来てぇ……欲しいのっ。中に、中に出して。私の中を冴のでいっぱいにしてぇ」

私のあそこが冴のぺ○スを離すまいと強く締め付ける。

「くっ……」

うめき声に合わせて、ぺ○スが膨張した。

冴は最後に大きく腰を振ると、今までで一番深いところまでぺ○スを沈めた。

びゅっ、びゅくっ。

「だ、だめ……い、いく、い、いっちゃうぅぅぅぅぅぅぅぅぅぅぅっ」

子宮に精液が満たされる感覚と共に、私の意識は白く弾《はじ》けた。

5

2004年8月29日（日）　白露清夜［自宅マンション・自室］　午前10時32分
さっきほどじゃないにしろ、また目覚めは悪かった。

暁先輩の弟、海原冴。

どうやら彼と私が姉弟というシチュエーションのエッチだったらしい。

冴くんには暁先輩という、ちゃんとした姉がいたというのに、ずいぶんと趣味の悪い設定だ。

ただ、今までの陵辱の記憶と大きく違ったのは、悪意みたいなものを感じなかったことだ。

明らかに、今までのものとは質が違う。

少しだけ目的に近づいたということだろうか。

これが求めている物の片鱗《へんりん》であることは間違いない。

ただ、あくまで片鱗であって、核心部分からかなりはずれている。

それだけはなんとなくわかった。

それでも、十分な情報にはなる。

そのことについて考えたり、調べる上でのきっかけにはなるのだから。

あの場で、私も冴くんもお互いのことを姉弟だと思いこんでいた。

つまり、イメクラやコスプレなんかのなりきりプレイではなく、なにかにそう思いこまされていたということだ。

そのなにかは、言うまでもなく催眠術だろう。

催眠術を使えば、思考や感情、記憶なんかを支配するのは簡単だ。

誰かと兄弟と思わせたり、恋人だと思わせたりするのも難しい話じゃない。

つまり、私と冴くんは、誰かにお互いのことを姉弟だと思いこまされる暗示をかけられていたということだ。

問題は、それが誰なのかということだ。

今の私も簡単な催眠術ぐらいなら使えるが、当時の私たちの周りで催眠術が使えたのはただ一人だ。

アーチェリー部の顧問である朝凪《あさなぎ》瑞穂先生。

思考がそこまでたどり着いた途端に、一気に体中の力が抜けた。

「はぁ……やっぱり瑞穂先生かぁ……」

確かにあの人が絡んでいるなら、だいたいのことに納得がいく。

催眠術を使っていること、部活中の部室だったこと、おまけに姉弟っていう悪趣味な設定も。

ただ、なんで私と冴くんがエッチしなきゃならないのかということに疑問が残る。

確かに瑞穂先生はエッチが大好きな人だけど、意味もなくそんなことをする人じゃない。

さらに言えば、その記憶が隠蔽《いんぺい》されていることもだ。

瑞穂先生を問いつめれば全て解決するのかもしれない。

電話をするなり、直接会うなりして問いつめてみようか。

いや、多分このことを聞いたところでなにも教えてはくれない。

もし思い出しても問題ないようなことなら、もう思い出しているはずだ。

自分の力で全て解決しなければならない。

そんな気がする。

それにしても、記憶を探っていたとはいえ、二回続けてセックスの夢ってのも情けない。

私、実は溜まってるのかな。

最近は満足のいくエッチをしてないし。

まあいいや、そろそろ約束の時間だ。

今日は沢山甘えさせてもらうことにしよう。

6

2004年8月29日（日）

白露清夜［喫茶店］

「睦月ったらまた火影とケンカしたのよ」

「……まあ、いつものことって感じだな」

蒼穹が優しい微笑《ほほえ》みを見せる。

私同様、そのままケンカ別れするとは思ってないんだろう。

「ホントそんな感じよ。いつも通りの夫婦ゲンカ。そろそろ仲直りすると思うけどね」

あの後、火影にも電話しておいたし、そろそろ二人の間で話し合いが行われているはずだ。

睦月のほうから歩み寄って、火影が一方的に謝って、火影の気の弱さに睦月が逆ギレして……結局、なんだかわからないうちに仲直りってところか。

「まあ、ケンカするほどって言うしな。俺はあいつらの関係がちょっと羨《うらや》ましいよ」

そう言いながらちょっと遠い目をして見せた。

「羨ましいって？」

「ケンカできることがさ。俺は恋人とケンカらしいケンカをしたことがないから」

遠い目をしてから、今度は私を見つめる。

多分、過去から現在までを思い出していたんだろう。

「ふぅん……じゃあ、私とケンカしてみる？」

私がちょっと不敵に笑ってみせると、おどけた顔をして肩をすくめた。

「遠慮しとく。勝てそうにない」

そう言って笑って見せた。

「そう？　私も蒼穹に勝てる自信はないんだけど」

これはわりと素直な意見だ。

多分、蒼穹みたいに真面目で誠実な人が相手だと、ひねくれ者の私は自己嫌悪に陥って敗北を認めてしまうだろう。

「まあ、ケンカなんてしないに越したことはないよ」

「そうね」

私たちの場合は、が付くんだろうけど。

逆に睦月たちの場合は大いにケンカするべきなんだろうな。

その辺は付き合いの長さの違いなんだろう。

恋人として付き合い始めたのが、一ヶ月前の同窓会からとはいえ、彼らの付き合いは非常に長い。

睦月と火影は生まれた頃《ころ》からずっと一緒に育ってきた幼なじみ。

私と蒼穹も睦月たち同様、ついこの間の同窓会から付き合い始めた。

とはいえ、それまでは私立白南風学園のアーチェリー部の先輩後輩の間柄でしかない。いい男だと思ってはいたし好みのタイプのはずだったが、なぜか異性として強く意識した記憶はない。

当時の蒼穹には、暁先輩という立派な彼女がいたことも一因だろう。

さらに卒業し大学に入ってからは、一切連絡を取ったこともない。

それだけに、お互いまだまだ知らないことはたくさんあるし、知りたいことや知ってほしいことがいくらでもある。

そんなわけで、今日はこれから知ってもらいたいことの一つを見せるつもりだ。

「……ところで、これからどうするんだ？」

ちょうど私が望んでいた質問が来た。

いい感じだ。少し嬉しい気分になれる。

「実はね、今日は蒼穹に一緒に来て欲しいところがあるの」

「来て欲しい？　行きたいじゃなくて？」

さすが蒼穹。私が見こんだだけあって、勘が鋭い。

「そう」

「どこだい、それは？」

興味深そうに聞いてくる。

ここはちょっと焦らしておきたいところだ。

「ま、着いてのお楽しみってことで」

蒼穹の手を取ると、笑顔をみせて席を立った。

7

2004年8月29日（日）　午後1時17分

白露清夜［自宅マンション・玄関］

「ここよ」

玄関の鍵《かぎ》を開け、蒼穹を中へ勧める。

行き先を告げられていない蒼穹は、訝《いぶか》しんだ様子だ。

「ここは……お前の家か？」

玄関の中を見て蒼穹が言った。

「そう」

「ずいぶん広いんだな。俺の家の倍はある」

確かに一人で住むには広すぎる家だ。それだけ孤独感も感じる。

蒼穹は家の中を見回している。

なにか感心するような、納得がいかないような感じだ。

「う～ん……まあいいか。とりあえず、おじゃまします」

「いらっしゃい。飲み物を用意するから、適当に座って待ってて」

奥の居間兼寝室に通す。

「ああ、じゃあ失礼するよ」

そう言って蒼穹は奥の部屋に入っていった。

さすがに女の子の部屋に一人っきりじゃ居心地も悪いだろう。

すぐにそばに行ってあげたいが、お客に飲み物も出さないというわけにもいかない。

せっかくだし、蒼穹にはしばらく恋人の部屋というものを堪能《たんのう》してもらおう。

コーヒーメーカーを使いコーヒーを入れる。

その間に、用意しておいた菓子皿を取り出しお盆に乗せた。

コーヒーが出来るまでの時間がじれったい。

私の生活空間にいる蒼穹のことを想像する。
蒼穹はなにを考えて時間を潰しているんだろうか。
普段、家にいる時の私のことを想像されるとちょっと恥ずかしい。
私の部屋にどんな印象を受けているんだろう。
お世辞にも女の子らしい部屋とは言えないような部屋だけど。
タンスとか押入とか、勝手に漁《あさ》られてたらどうしよう。
いや、蒼穹に限ってそれは絶対にないか。
妄想にふけっていると、コーヒーが出来上がっていた。
すぐにカップに注ぎ、お盆に乗せて部屋へ向かう。
部屋のドアを開けると、テーブルの前に蒼穹が座っていた。
思った通り、ちょっと居心地が悪そうにしている。
でも、私の姿を見るとすぐに、安心したような表情に変わった。
「おまたせ……どう？　私の部屋は」
蒼穹にティーカップを差し出す。
少し部屋を見回した後、一口だけコーヒーを飲んで私の質問に答えた。
「なんか、清夜の部屋って感じだな」
落ち着いた笑顔を見せる。

「どういうこと？」

蒼穹の目を見つめた。

「無駄な物がなかったり、すごく整理整頓《せいとん》されてたり……その辺りが、すごく清夜っぽい」

「ふ～ん。そんな風に私を見てるのね。なんか引っかかるなぁ」

言葉とは裏腹に、割と自覚してることなんだけど。

「別に悪い意味で言ったんじゃないよ。こんなに部屋を綺麗にできて羨ましいくらいさ」

「そう？　でも、蒼穹の部屋も綺麗っぽいけどな。ねぇ、今度蒼穹の家に遊びに行っていい？」

男の部屋よりも先に、女の部屋に来るってのは珍しいかもしれない。

まあ、そんなの個人個人の勝手だろうけど。

「ん……いいけど。狭いし汚いぞ」

「別にいいわ。私が片づけてあげるから」

「なんか恥ずかしいな」

蒼穹が照れ笑いを浮かべた。

「なぁに、エッチな本がたくさん隠してるとか？」

「そんなんじゃないよ……ところで、今日はなんで呼んだんだ？」

気まずそうにしながら、話題を切り替えた。

これは絶対に隠し持っているはずだ。

今度、行ったときに絶対に探し出してやろう。

「別になにか理由があったわけじゃないんだけど……」

そこで一度、言葉を区切った。

「ちょっと寂しくなってね」

蒼穹の目が、すぐに真剣な目に変わった。

この人は、相手の冗談と本気をちゃんと区別してくれる。

「寂しい？」

「うん。この間、蒼穹の電話を切った後にね、気付いちゃったの。この家に人を呼んだことがないってことに」

「そっか……」

蒼穹が目を細めて、ゆっくりと部屋を見回してそっと呟く。

「情けないって思ったでしょ？」

少し自嘲《じちょう》気味に笑いながら聞いた。

「いや、嬉しいよ」

「嬉しい？」

「清夜は、寂しいから俺を呼んだんだろ？」

真剣な蒼穹の目に、私は無言で頷いた。

「お前は一人でなんでも抱えこんで、そのまま一人で解決しちゃう。だから、俺が支えてやる必要なんてないのかなって。清夜にとって俺は必要ないんじゃないかっていつも思ってた……」

蒼穹が一気にそこまで言うと、一度言葉を止めた。

「そんなことないよ」

私の言葉を聞くと、再び蒼穹が話し出す。

「うん、だから、清夜に必要とされてる。清夜の役に立てることがわかったから……だから嬉しいんだ」

私は蒼穹の言葉に対してなにも答えなかった。

その代わりに、蒼穹の胸に飛びこんだ。

上目遣いで蒼穹を見つめる。

「ねえっ、今日は甘えていい？」

自分的にかなり変なことを言ったと思う。

私を知っている人なら、私がこんなことを言うなんて想像もしないだろう。

蒼穹はちょっと驚いたような顔をした後、優しく微笑んでくれた。

「ああ、好きなだけ甘えてくれ」

蒼穹の手が私の背中に回る。

そして強く抱きしめてくれた。

私の顔を見て、控えめな声で笑い出す。

「どうしたの？」

「こんな清夜を見れるの、俺だけなんだろうなって思ったから」

蒼穹がすごく嬉しそうな顔をした。

こっちとしては死ぬほど恥ずかしい。

「バカっ」

目をそらして、そう呟いたあと、もう一度蒼穹を真剣に見つめた。

「ねぇ……キス、して」

目をつむる。

私の唇の上に、蒼穹の暖かい感触が重なった。

「んっ……」

気持ちいい……ずっとこうしていたい。

蒼穹の手が私の服にかかった。

手がモゾモゾと動く。

ボタンをはずそうと探しているのだろう。

「あんっ……こんなとこじゃなくて、ベッドで……」

「そうだな」

突然、私の体が中に浮いた。

「きゃっ」

突然の浮遊感に驚き、変な声を出してしまった。

蒼穹が私を抱きかかえていた。

私が驚いたり恥ずかしがったりすると、蒼穹は決まって嬉しそうな顔をする。

それは冷たく見られがちな私の性格が原因なんだと思うけど。

バランスが悪いから、今もおびえたような表情をしているかもしれない。

両手で蒼穹の体をしっかり抱える。

体が密着して、すごくいい感じだ。

蒼穹が私を抱えたままベッドに腰をかける。

私は蒼穹の膝の上に腰かけるような体勢だ。

後ろからなにかされるのはちょっと落ち着かない。

相手の表情や仕草が見えないからだ。

蒼穹の手が伸びてきて私の胸に触れた。

「んっ……」

蒼穹の手が動くと私の体に電気が走る。

突然の感覚に、私は体をよじらせた。

「ひゃっ……」

今度は耳たぶの裏に蒼穹の舌があたる。

舌はそのまま首筋をなぞる。

ゾクゾクする感じが気持ちいい。

「今日はなんだか感じやすくなってるみたいだね」

低くて落ち着いた声が聞こえた。

この声を耳元で聞けるなら、後ろから責められるのもいいのかもしれない。

「もうっ、あなたが突然そんなことするから……」

蒼穹が耳元で小さく笑った。

やっぱり相手の表情が見えないのはいやだ。

振り返って、蒼穹の首に手を回す。

「どうしたんだ、いきなり」

ちょっと驚いたような顔をしている。

「ほら、この体勢だとあなたの顔が見えないでしょ」

今度は不思議そうな顔をする。

やっぱり、顔が見れる方が安心できる。

「別に俺の顔なんていつでも見れるじゃないか」

もうっ、わかってないんだから。

「そういう問題じゃないの……鈍いんだから」

蒼穹の胸にもたれかかるように体を預ける。

私の体を抱きしめながら、蒼穹はゆっくりとベッドに倒れた。

蒼穹の顔が目の前にある。

整った顔立ちは、実際の年齢よりもいくつか上に見える。

老けているとかそういうんじゃなくて、落ち着いて大人っぽい感じだ。

「私のベッドの寝心地はどう？」

蒼穹が体の力を抜いて目をつむった。

ベッドの感触を確かめてるのだろうか。

「清夜の匂《にお》いがして、すごく安心する」

つい吹き出してしまった。

いきなり匂いのことを言われるとは、さすがに予想できなかった。

「ヘンタイ」

でも、なぜかすごく嬉しかった。

「んむっ……」

蒼穹が目をつむっているうちに、自分の唇で蒼穹の唇を塞《ふさ》いだ。

突然のことに驚いて目を開く。

「ぷぁ……」

唇が離れると、蒼穹は一気に息を吸いこんだ。

ちょっと不機嫌そうな表情を見せる。

「なんか、今日の清夜は変だな」

私にやられっぱなしで悔しいのかな。

「そう？　ねぇ、服……脱がして」

そもそも、今日はたくさん甘えさせてもらうつもりだったんだ。

主導権を蒼穹に返そう。

手が私の服にかかった。

親が子供の服を脱がすように、丁寧にボタンがはずされる。

「なんだか恥ずかしいな……」

蒼穹から視線をそらしてそう言った。

「自分から脱がしてって言ったくせに。文句があるならストリップでもするか？」

そんなことを言いながらも、手つきは優しい。

手際よく服を脱がされ、あとは下着だけの姿にされた。

今度は私が蒼穹の服に手をかけ、脱がしはじめる。

男の服は作りが単純でいい。

すぐに蒼穹も下着だけの姿になった。

いつも思うが、蒼穹の体はすごく綺麗だ。

無駄な肉がない上に、バランス良く筋肉がついている。

「なんだよ、人の体をじろじろ見て」

訝しげな蒼穹にむかって微笑みかける。

「……あなたの体を見てたら興奮しちゃった」

冗談半分に言ったが、残りの半分は本気だ。

実際、もう体が疼いていたりする
「なんだ、清夜も十分ヘンタイじゃないか」

「なに、気にしてたの？」

さっきヘンタイって言われたのがけっこうショックだったようだ。

蒼穹がムッとしたような顔をした。

すぐに表情は元に戻り、私の体に手を伸ばしてきた。

「んっ……はぁ……」

片手でオッパイを揉みながら、もう一つの手は体をさすっている。

蒼穹の手が触れるたびに体中がジンジン痺れる。

体を撫でられるだけで、イってしまいそうなくらい感じている。

「あぁ……いいっ……気持ちいいよ、蒼穹」

愛撫する手が徐々に下にさがっていく。

全身をくまなく撫でていく。

そして指が下着越しにあそこに触れる。


くちゅっ。


湿った音が聞こえると、蒼穹がにやっと笑った。

「ふふ、もうこんなに濡れてるじゃないか」

そう言いながら、指を割れ目に沿って這わせてきた。

「んっ……あ、あなたが……そうしたんじゃない」

刺激をこらえながら必死で言い返す。
もう触られただけで十分なくらい感じている。
蒼穹が私の下着に手をかける。
下着がはがされ、私のあそこが外気に触れる。
それだけでイってしまいそうだった。
「我慢する必要なんて全然ないよ」
蒼穹が優しく言った。
でも、下着を脱がされただけでイってしまったら本当に恥ずかしいと思う。
「すごいな。なにもしてないのにどんどん溢れてくる」
蒼穹の視線があそこに刺さる。
それだけで、あそこが熱くなってしまう。
「あぁ……恥ずかしい……そんなこと、言わないで」
蒼穹の指があそこに触れる。
私は腰をくねらせて必死に耐えた。
蒼穹が指だけでなく、舌も使い始めた。
ざらざらとした感触があそこを這う。

ぴちゃ、じゅ、ちゅぱっ。

湿ったいやらしい音が聞こえる。

「あっ……ダメ……イっちゃう」

視界が点滅する。

これ以上弄られたら、本当にイってしまう。

私はイこうと、体を一度だけ大きく震わせた。

すると、蒼穹は責める手を止めた。

「え？　なに？」

疑問を抱く私に、蒼穹がいじわるな笑顔を見せる。

そして再び私のあそこに顔を埋めた。


フッ。


「ひぃあぁっ」

私の体が大きくのけぞると、一瞬だけ視界も思考も消えてしまった。

体中ががくがく震えて、まったく力が入らなくなっている。

しばらく理解できなかったが、クリ○リスに強く息を吹きかけられイってしまったらしい。

蒼穹を見ると、思惑通り行ったのか、かなり満足した様子だ。

私はただ息を切らせるだけだった。

そんな状態なのに、蒼穹がペ○スの先端をあそこに当ててくる。

「え、あっ……まだ、私……」

言葉も上手《うま》く発せない。

こんな状態で挿れられたら、変になっちゃう。

でも、そのことも伝えられない。


くちゅっ、じゅぷっ。


「あぁぁぁぁ……」

蒼穹のペ○スが侵入してくる。

先端が少し入っただけで、小さくイってしまった。

そんなことにかまわず、ペ○スはどんどん入ってくる。

「ダメっ、ダメなの蒼穹……私、壊れちゃう、感じすぎて壊れちゃうよ」

なんとか声を出して抵抗する。

蒼穹が少し動くだけで、私の全身が痺れる。

「ああ、好きなだけイっていいよ」

いくら身をよじろうとも、止めてくれる気配はない。

「あんっ、イヤ、動かないで……イク……イっちゃう」


ぐちゅ、じゅぷっ、じゅぷっ。


ぺ◯スが根本までささると、私の様子などかまわずに動き始める。

「ひぃ、あぁ、あぁぁぁぁぁぁ」

体がガクガクと震える。

挿れられて、少し動かれただけでイってしまった。

「はぁ、はぁ……ダメ……止めて、お願い……」

もう感じすぎて耐えられない。

こんな乱れた自分の姿を、これ以上蒼穹に見せたくない。

「ダメ。俺がイクまで止めてあげない」

蒼穹は私の言葉に逆らうように、腰を大きく振る。

「い、いじわる。あぁっ、いやっ、また、またイっちゃう」

再び、強い絶頂の波が押し寄せてくる。

「ひっ、あっ、だ、だめぇぇぇぇぇぇぇぇっ」

さっき以上にイってしまった。

あそこがヒクヒクしているのが自分でもわかった。

自分の意志とは無関係に、蒼穹のペ○スを強く締め付けている。

「くっ……すごい……」

私の締め付けに答えるように、蒼穹が腰を振る。

「んんっ、あぁん……ダメぇ……」

視界がチカチカと強く光る。

「体、持たないよ、ダメになっちゃうよぉ」

もう一度、強く締め付けると、ペ○スが大きく膨らんだ。

「うっ……清夜っ、いくっ……」

蒼穹のペースがあがる。

「あぁぁ……蒼穹、私、壊れちゃう、おかしくなっちゃう……」

点滅のペースも早くなった。

「ああ、俺もだ」

蒼穹が強く腰を打ち付ける。

「あぁ、あぁぁっ」

蒼穹のペ○スが大きく波打った。


びゅっ、びゅるっ、どびゅっ。


「い、い、いくぅぅぅぅぅぅぅっっ」

「くっ」

私の中が蒼穹の精液で満たされる。

それと同時に私の思考は停止してしまった。

力を失った私の体は、そのまま蒼穹の体に倒れこんだ。

第3章　そして始まりへ

1

2004年8月29日（日）

白露清夜［自宅マンション・自室］

午後3時19分

「ん、んんっ……」

意識にかかっているぼんやりとした霧が少しずつ晴れていく。

えっと……私はなにをしていたんだっけ？

ゆっくりと目を開けると、いつも通りの部屋の中のいつも通りのベッドの中だった。

ただ、いつもと違って妙に安心感がある。

まどろんだ思考で、天井を見つめながら記憶を整理する。

たしか、蒼穹とデートして、私の家に来てもらって……。

ああ、そうか、その後エッチして、蒼穹に何度もイかされて、そのまま気を失っちゃったのか。

気付いてみれば、自分は素っ裸だった。
あのあと、眠ってしまってそのままだったということか。
じゃあ、蒼穹はどこに……。
体を起こし、部屋を見回したがどこにもいない。
シャワーでも浴びてるのかな。
あの人の性格上、断りもなく使うとは思えないけど。
でも、キッチンのほうにいるかもしれないし、書き置きなんかがあるかもしれない。
とりあえず服を着ようと、ベッドに手をつき起きあがろうとする。
「んんっ……」
なにか手に弾力のある物を感じる。
見ると、裸の蒼穹が眠っていた。
灯台もと暗しか……。
「ふふっ」
自分の間抜けさと、蒼穹の寝顔に笑ってしまった。
普段は絶対に見せないような無防備な表情だ。
しばらく蒼穹の顔を眺めることにした。
少しずつ表情が変わっている。

夢でも見ているのかもしれない。
いきなり名前を呼ばれ、心臓が止まるかと思った。
どうやら寝言のようだ。
私の夢を見ているのかも。
「…………清夜」
ちょっと夢の内容が気になる。
ふと、本気で蒼穹のことが好きなんだなと思った。
相手の見る夢まで気になりだしたら重症かも。
ただ、蒼穹を好きだと思う度に、ブレーキをかけてしまう自分がいる。
心おきなく好きになることが出来ない。
やっぱり暁先輩のことだろうか。
もしかしたら蒼穹にとって私は、暁先輩の代わりくらいにしか思われていないのかも。
そのことを知って、その時私が本気で蒼穹を愛していたら。
そんな不安が、私自身に歯止めをかけているのかもしれない。
いや、それだけじゃないはずだ。
もちろん暁先輩のことはある。
私たちに大きな影響を与えているし、一緒に乗り越えないといけないことの一つだ。

でも、それだけじゃない、言葉に言い表せないような不安感があるのだ。
私の探っている記憶も関係しているんだろう。
誰がなんのために隠蔽《いんぺい》しているのかわからない。
ただ言えるのは、思い出す内容は確実に核心に近づいていることだ。
そのことは私と蒼穹に関するものだ。
そして、今も私と蒼穹の関係に強い影響を与えている。
蒼穹のことを素直に愛せないのも影響の一つだ。
もしかしたら、私が知らなくて蒼穹は知っていることがあるかもしれない。
蒼穹の記憶を引き出せれば。
人の記憶を盗み見るようで悪いような気はする。
それでも私と蒼穹の関係をよりよくするためだ。
それに多分、忘れたままじゃいけないことだ。
きっと思い出さないといけないこと。
そう、やるしかない。
蒼穹は眠ったままだった。
恋人がこんなに真剣になってるのに。
まあ、でもこのほうが好都合だ。

蒼穹の枕元に動き、膝枕《ひざまくら》をする。
お互いが裸のまま膝枕という絵は、客観的に見ると笑ってしまうかも知れない。
だが、今は気にしないことにした。
声のトーンを落として、語りかける。

『蒼穹、あなたは今、海に浮かんでいる。
深い深い海。
そこにはあなたの記憶が沈んでいる。
いま、あなたの一番近くに浮かんでいる物をよく見て。
そこにはなにが見える？』
『清夜だ……恋人の白露清夜とセックスしている……』
『そう、それがあなたの一番浅いところにある記憶。
じゃあ、これから私が指を弾《はじ》くたび、あなたは一年ずつ若返っていく。
私が指を弾くと、記憶の海を一年分沈んでいく』

パチン。

『さあ、一年前のあなたに戻りました。周りにあるもの、それをよく見て。あなたはなにをしているの？　そこに白露清夜はいる？』

『俺はアーチェリーをしている。夏休みで、白南風学園の合宿にコーチをしにいっている。冴と初日、瑞穂先生……あとは、卒業した睦月がいる……清夜は一年前の合宿以来、会っていないし連絡も取っていない』

『睦月？　睦月がなんでいるの？』

『合宿にコーチに行くとき、女子部にもコーチがいた気がした。たしか、卒業した後も大学でアーチェリーをやっている女の子だったはずだ。でも、それが誰かはっきりと思い出すことはできなかった。だから俺の記憶に一番近かった睦月にコーチを頼んだんだ。でも、俺の記憶の女の子とは違ったみたいだった』

『わかったわ。じゃあ、さらに一年前に戻るわ』

パチン。

『さあ、今度は二年前のあなた。今度はなにが見える？』

『海で遊んでいる。アーチェリー部の合宿にコーチに行った最後の日だ。睦月、清夜、夕奈、初日、火影、冴、瑞穂先生……みんな楽しそうにしてる。俺のそばには暁がいる。なんでか知らないけど暁は幸せそうだ。俺も暁がそばにいるだけで十分すぎるほど幸せだ』

『そう……じゃあ、三年前に戻るわ。白南風学園を卒業する前のあなたよ』

パチン。

2

2001年7月16日（月）

葛蒼穹［私立白南風学園・一階廊下B］

午後4時32分

「ふうっ……いないなぁ……」
瑞穂先生はどこにいったんだろう。
アーチェリー場にいないのはいつものことだけど。
教務室に保健室、他にも先生がいそうなところは全部まわった。
それでも、足取りがつかめない。
「こまったなぁ……」
いなくても問題ない時はいて、いなきゃいけない時にいない。
かなり困った人だ。
もっとも、今回はすごく私用なんだけど。
瑞穂先生以外に聞けるようなことじゃないし。
クラスのみんなは、どうも俺のことを優等生だと思ってるみたいだからなぁ……。
変なこと相談したら、なにを言われるかわかったもんじゃない。
そう言う意味で、なんでも気兼ねなく聞けるといったら、アーチェリー部の連中だ。
とはいえ、睦月や夕奈、初日ちゃんなんかにはちょっと聞きづらい。
かといって清夜は清夜で、後々でなにをされるかわかんないし。
火影からはまともな回答を得られないだろうし、冴にいたっては問題外だ。

そもそも、男の意見は求めていない。
いろいろ状況をふまえた上で、瑞穂先生が相談役として最適だ。
「はぁ……暁……」
そういえば、暁もアーチェリー場にはいなかった。
暁が部活に出ないなんてよっぽどのことだ。
いや、昨日俺がしたことがよっぽどのことだったのかもしれない。
そんなにショックだったんだろうか。
「お、いたいた」
色々考えながら歩いていると、後ろから声をかけられた。
誰の声かわからなかったが、とりあえず振り返った。
「瑞穂先生」
俺が探していた人だ。
どうやら、むこうも俺のことを捜していたらしい。
でも、瑞穂先生が俺になんの用なんだろう。
「ちょっと来なさい」──
いきなり俺の腕を掴《つか》んで、来た方向に戻ろうとする。
こっちの都合を聞かずに連れて行こうとする辺りが、とても瑞穂先生らしい。

普段なら、このまま断れずについていってしまうんだけど、いまの俺はそんな状態じゃない。

「あ、あの……先生。ちょっと話があるんですけど」

「なに？　暁のこと？」

暁という名前を聞いただけで、心臓が止まりそうになった。

俺、かなり重症なのかもしれない。

「え、は、はい」

俺が答えるなり、瑞穂先生は笑い出した。

あれ？　先生はなんで暁のことで迷っているって知ってるんだろう。

「やっぱりね」

笑い終わると、再び手を引かれる。

どうやら、俺には先生に付いていくしか選択肢がないようだ。

「あ、あの、どこに行くんですか？」

この人がなにを考えているかさっぱりわからない。

「黙って付いてきなさい。それにしても……うらやましいものねぇ……」

瑞穂先生が、呆《あき》れるような表情でにやりと笑った。

いったいなにを企《たくら》んでいるんだろう。

3

2001年7月16日（月）

海原暁［私立白南風学園・アーチェリー部部室］

午後4時17分

「この部室もいい加減、整理しないとねぇ……で、聞きたいことってのはなに？」

私に背を向けロッカーを漁《あさ》っている瑞穂先生が、そのまま振り返らずに聞いてきた。

「ええっと……変なこと聞いちゃうんですけど……いいですか」

「どうして変なのに限って私にくるかねぇ……で、なに？」

ちょっと失礼で聞きづらい質問だけど、勇気をだして聞いてみることにした。

「あ、あの……瑞穂先生が、初めてエッチしたのって、いつですか」

「いきなりなにを聞いてくるかと思えば……」

瑞穂先生が呆れたような声を出しながら振り返った。

「変なこと聞いてすみません……」

「今の暁くらいの頃《ころ》だよ……で、蒼穹となにかあったの？」

いきなり核心をついてくる。

瑞穂先生の目に全てを見透かされそうに思えたので、私は視線をそらしてしまった。

「う……はい」

瑞穂先生が私の目の前のイスに座った。

「なにがあったの？　言ってごらん」

私が相談しようとしていたことを聞いてくる。

自分から言い出すよりも、相手から質問された方が話しやすい内容だ。

この人はその辺を全て理解して聞いてきたのかもしれない。

「昨日、蒼穹と一緒に私の家にいたんです……」

「うんうん、それで？」

「いつも通り、話したり遊んだりしてたんですけど……そのうち、話すこともなくなって……それで、キスしたんです……」

興味深そうな笑いを浮かべながら、真剣なのか不真面目なのかわからないような感じで聞いている。

「お熱いことで……で、蒼穹のキスは上手だった？」

「上手とか下手《へた》とかわかんないですけど、すごく気持ちよか……ってなに言わせるんですか先生っ」

「冗談、冗談……それにしても、羨《うらや》ましいかぎりだねぇ」

少し言葉に詰まる。

このままだと、話さなくていいことまで根ほり葉ほり聞かれそうな気がする。

「で、続きは？」

「あ、はい……それから、蒼穹が私のこと抱きしめてくれて……あの、恥ずかしいんで飛ばしていいですか？」

「最近の若い者のセックスはどんなものか気になるけど……まあいいか」

ここが一番肝心なところだ。

恥ずかしいけど、ここを説明しないとなんの相談にもならない。

「そ、そのっ……結局、その後セックスしてないんです」

「ん？　どうしてまた？」

「あ、あの恐くて……断っちゃったんです」

そう、私は恐くてセックスするのを拒んでしまった。

おかげで、蒼穹とは昨日から気まずいムードが続いている。

それを修復したくて相談したんだけど。

どうも瑞穂先生の興味はセックスの方ばかりにいっているようだ。

「え？　暁、あんたもしかして処女だったの？」

ものすごく驚いた様子でそう言った。

「は、はい、そうですけど……」

瑞穂先生の剣幕に少しおびえながらそう答えた。

「年単位で付き合ってて処女だなんて……まったく、天然記念物ものだよ」

「普通はそういうものなんですか？」

そういうのは人それぞれだと思うけど。

そう思ってるのは私だけなんだろうか。

もしかしたら、蒼穹も私と違う考えなんだろうか。

「そうだよ。蒼穹もよっぽどあなたのことが大切なんだろうねぇ……」

「大切……」

「そっ、こんな長い期間やらせてくれなかったら愛想を尽かされるし、しようとしてる途中で断られても無理矢理やっちゃう……普通の男なんてそんなものよ」

「……そう……ですか？」

セックスってそんなに大事なことなんだろうか。

私にはそうは思えない。蒼穹はどう考えているんだろう。

「そうよ。ほんと、あなたはいい男を捕まえたわ」

蒼穹を誉《ほ》められると、なんだか自分が誉められたように嬉《うれ》しくなった。

自分が蒼穹のことを、本当に好きなんだと実感できる。

「いいじゃない、させてあげれば。どうせそのうちやるんだから、楽しいことは早いうちにやったほうがいいんじゃない」

「で、でも……やっぱり恐いです……それより……」

セックスのことは、後で蒼穹とゆっくり話し合えばいい。

いまは蒼穹との仲を修復したい。

そのことを言おうとしたら、瑞穂先生が突然、怒ったように喋《しゃべ》り出した。

「もうっ……じれったいなぁ……そうだ、蒼穹を連れくるわ」

「あ、先生？」

突然、瑞穂先生が立ち上がった。

「じゃ、ちょっと待っててね」

「え、あの……」


ガチャッ……キィッ、バタンッ。

私の話も聞かずに、瑞穂先生は出ていってしまった。

先生のことだ、本当に蒼穹を連れてくるつもりだ。

私は今朝から蒼穹を避けている。

別に蒼穹が嫌いになったとか、そういうんじゃなくて、どんな顔をして会えばいいかわからないからだ。

別にいつも通り話しかけてくれればいいし、私からもいつも通りに話しかけたい。

多分、蒼穹もそう思っている。

それでも、もしかしたらという考えが拭《ぬぐ》えない。

どうやって蒼穹と元通りの関係に戻れるかを相談したかったんだけど。

瑞穂先生は勘違いしたまま、一人で行っちゃったし。

「……どうしよう」

3

2001年7月16日（月）

朝凪瑞穂［私立白南風学園・アーチェリー部部室前］

午後4時45分

蒼穹の手を引いて一路、目的地を目指した。

場所は言うまでもなく、暁の待つ女子アーチェリー部部室だ。

「……先生？　ここって……」

部室のドアの前で立ち止まると、蒼穹が口を開いた。

「見ての通りでしょ。ほら、お姫様が待ってるんだから早く入るわよ」

背中を押してドアを開けるように促した。

蒼穹もさすがに馬鹿《ばか》じゃない。

暁が中で待っていることぐらい、察しているだろう。

なかなか入りづらそうにしている。

「んっ……」

ちなみに、部室のドアはけっこう薄くて、大声での会話なんかは筒抜けだったりする。

どうも部員たちはそのことに気付いてないみたいなんだけど。

ドアの向こうでは、私たちが来たことを知った暁が、どきどきしながら待っているだろう。

「もう、しかたないなぁ……」

ガチャッ。


蒼穹が逃げないように腕を掴みながら、残った手でドアを開けた。

思った通り、暁が私に心配そうな視線を送ってくる。

「ほらっ、しっかりしなさい」

蒼穹の腕を引っ張り、部室の中に引きずりこんだ。

「うわっ……」

「あ……」

バランスを崩した蒼穹が転びそうになった。

だが、それを暁がしっかり受け止める。

なんだかんだ言って、息がぴったり合っている。

「あ、ありがとう、暁」

「蒼穹……」

お互い、気まずそうな顔で辺りを見回す。

暁はもじもじしてるし、蒼穹はなにか言おうにも言えないといった感じだ。

このまま二人っきりにしたところで、いつまでもなにも話さないまま時間が過ぎそうだ。

なんだかなぁ……。

たかがセックスくらいでこんなにならなくてもいいのに。

これが若さの特権ってやつですかな。

「ああ、もうじれったいなぁ……あなたたち、私が大学の時なにを習っていたか知ってる」

二人は不思議そうな顔をして、なにも答えない。

まあ、いきなり話を飛ばせば当然か。

「催眠術よ。これからあなたたちに催眠術をかけるわ」

「え？」

どちらともなく、とまどいの返事が聞こえた。

まあ、いきなり催眠術なんていう得体の知れないものをかけるなんて言われれば戸惑うのも当然だ。

「催眠術と言っても、ちょっとした暗示よ。お互い自分の気持ちに素直になる暗示。それだけ」

内容を聞いた二人はちょっと安心した様子で頷《うなず》いた。

さっそく暗示をかけようと、私はちょっとそれっぽく話し始める。

「いいわね。じゃあ、リラックスして私の目をよく見て」

私が真剣な表情に変わると、つられるように二人の表情も真剣になった。

単純だったり、素直だったりする方が催眠術はかけやすい。

後者の意味で、この二人はいい実験材料と言える。

「あなたたちは、これから自分の気持ちに素直になる。自分の思っていることを全部相手に打ち明ける。私が指を弾くのがその合図よ」

そこまで言うと、一度間を置いた。

片手を掲げ、二人の視線を誘導する。

「いい？　いくよ……いち、に、さん……」


パチン。


「どお？　私がしてあげるのはここまで、後は自分たちでなんとかしなさい」

二人に微笑《ほほえ》みかけると、私は席を立った。

そのままなにも言わずドアへむかう。


ガチャッ。

ドアを閉めると、その場に腰をかけた。

しばらくはここでこうしていなくては。

二人の間になんらかの結論が出るまでは、他人に邪魔はさせたくない。要は見張りだ。

「はぁ……若いですなぁ……」

私が呟《つぶや》くと、中から話し声が聞こえ始めた。

どうやら私のたくらみは上手《うま》くいったようだ。

ちなみに、私は催眠術なんてちっとも使っていない。

いや、本当に使うこともできるんだけど、さっきやったのは全くでまかせだ。

本当に催眠術をかけたいなら、それなりの時間と手間がかかる。

だから私は催眠術らしいことを演出して、適当なことを言っただけだ。

それでも、本人たちが素直になっていると思いこみ気持ちを打ち明ければ、本当の意味で暗示ということになるのかもしれない。

まあ、今回の場合は二人ともちょっとした後押しが欲しかっただけだろうし。

元から本音を言いたがっていた二人には、催眠術という嘘《うそ》はちょうどよかっただろう。

後は本人たちが自分で解決しないといけない問題だ。

「さて、どうなりますかな……」

4

２００１年７月16日（日）
海原暁［私立白南風学園・アーチェリー部部室前］
午後４時58分

瑞穂先生が出ていった後、私はずっと床を見つめていた。

蒼穹の顔を見るのが恐かったからだ。

そう、多分、私は今まで色んなものを恐れていたんだと思う。

「蒼穹……あの、私……恐かったの……」

私のほうから沈黙を破った。

蒼穹はなにも答えてくれなかった。でも、それでいい。

まずは私の思っていることを全て聞いて欲しい。

「蒼穹のことを満足させることが出来なかったら……もし蒼穹が私の体だけが目当てだっ

たら……考えれば考えるほど、色んなことが恐くなってきて……」

そこまで言うと、下に向けていた視線を蒼穹の方に向けた。

「暁……ゴメン。俺、自分のことばっかり考えてた。自分がしたいだけで、暁のこと考えないでいた……」

そんなことない。蒼穹は私のことを考えてくれていた。

私があんまり焦《じ》らすから悪かったんだ。

「ううん、私こそ蒼穹のこと考えてなかった。蒼穹、いままでずっと我慢してたんだよね。あなたのこと疑うだけで、気持ちをちっとも考えてなくて……」

「いいんだ。こういうのはお互いのことだし。俺だけがしたいんじゃダメなんだ」

お互いの気持ちは十分伝わった。

もうこんな湿っぽい空気でいる必要はない。

私は笑顔を作って蒼穹に話かけた。

「ふふっ……蒼穹、悪いのはお互い様だね。もういいよ」

「そうだな」

緊張していた空気が緩んだ。

「……暁」

「……蒼穹」

しばらく見つめ合った後、私は目をつむった。

「んっ……」

私が望んだとおり、蒼穹は唇を私の唇に重ねてくれた。

しばらく蒼穹の唇の感触を確かめると、私はキスをやめ口を開いた。

「蒼穹……していいよ……うんん、私、蒼穹にして欲しい」

すごく恥ずかしかった。でも、言うタイミングは今しかないと思った。

「……暁……じゃあ、今度……」

首を横に振った。

「今……私、今がいい……」

少し驚いた顔をする。

「いいのか、こんなところで……」

「うん、早く蒼穹と結ばれたいの。それに、もっと蒼穹のこと感じたい……もっと私を知って欲しい」

私が蒼穹の胸にもたれ掛かりながらそう言った。

蒼穹の心臓がドキドキいってる。緊張してるのは、私だけじゃないんだ。

「わかった……いいんだな」

「うん」

小さく頷くと、蒼穹が私の体を強く抱きしめてくれた。

「あっ……」

蒼穹の手が私の胸に優しく触れた。

私の感触を確かめるように揉《も》んでくる。

「柔らかい……」

蒼穹が私を触ってる。それだけで気持ちよかった。

「ねぇ、脱がすよ……」

吐息が触れそうなくらい近くに顔があった。

「う、うん」

ためらいがちに頷いた。

少し間をおくと、蒼穹の手が私の制服にかかった。

ボタンが一つずつはずされていく。

「恥ずかしい……」

私は目をつむり、体を震わせた。

「大丈夫？　いやになったらいつでも言ってね」

時間をかけられゆっくり脱がされるのが恥ずかしかった。

いっそ心の準備をする時間なんて与えられないうちに一気に脱がして欲しい。

でも、こうすることが蒼穹の優しさなんだってこともわかる。

「いいの……でも、脱がされるの、なんか恥ずかしい」

なに言ってんだろう、私。

こんなこと言ったら、よけいに蒼穹が脱がしづらくなるのに……。

……そうだ。

「ねぇ、蒼穹。目をつむってくれる」

「え？」

突然の私の言葉に、蒼穹は驚いている。

「いいから、私がいいって言うまで目をつむってて」

「わかった」

蒼穹が目をつむるのを確認すると、私は自分の制服に手をかけた。

まずはボタンをはずし、シャツを脱ぐ。


シュルッ、シュルッ。


蒼穹、ちゃんと目をつむってるのかな。

もしかしたら、薄目で見ているかもしれない。

そうだったとしたら、すごく恥ずかしい。

ゆっくりと観察されるように脱がされるより、一気に見られたほうが恥ずかしくない。

そう思って、こういう行動に出たんだけど、蒼穹、私のこと変な子だって思わないかな。


ストン。


スカートが地面に落ちた。

脱いだ制服をたたむと、ブラのホックに手をかける。

この先を男の人に見せたことはない。

しばらくためらった後、決心しホックをはずす。

私のオッパイが露《あら》わになる。

睦月なんかは綺麗《きれい》な形ってほめてくれるけど、男の子の意見は聞いたことがない。

蒼穹はなんて思うだろう。

自分の体に自信がないわけじゃないけど、異性に見られるのは緊張する。

それも、異性に見られるのは初めてな上に、相手は大好きな人だ。

きっと蒼穹なら綺麗だよって言ってくれる。

そう思って、最後の一枚に手をかけた。

片足ずつ足を抜いていく。

スルッ、スルッ……。


そうして全て脱ぎ終えると、手でオッパイとあそこを隠した。

さすがにいきなり見られるのは耐えられない。

「いいよ、蒼穹」

蒼穹がゆっくりと目を開ける。

私の格好を見てどんな顔をするんだろう。

「あ、暁……」

目を開いて、まずは驚いた顔をした。

「蒼穹、どう？　私の体？」

手で隠していた部分を露わにする。

優しい目で私の体を見つめてくれる。

「いっつも想像してたより、すごく綺麗だ」

誉められても、やっぱり恥ずかしいことに変わりはない。それに……。

「いつも想像してたの？　エッチ……でも、蒼穹も男だもんね」

自分の体のことをいつも想像されてたと思うと、顔から火が出そうな思いだ。

蒼穹に見られている。その恥ずかしさがすごく気持ちよかった。

「ねぇ……蒼穹も脱いで。私も蒼穹の体、見たい」

「……ああ」

蒼穹が制服を脱ごうとすると、手が止まった。

「なんか、照れるな」

なにもない空間を見つめながらそう言った。

「私だって恥ずかしかったんだから」

「そうだな」

さすがに女の私に言われてしまって返す言葉は無い。

蒼穹は頷くと服を脱ぎ始める。

すぐに裸になった蒼穹は、もう一度私を抱きしめキスしてくれた。

「んっ……あぁ……」

あまりの気持ちよさに膝が抜けそうになった。

もし蒼穹が強く抱きしめてくれていなかったら、その場に崩れ落ちていたと思う。

「きもちいぃ……」

蒼穹の唇、蒼穹の腕、蒼穹の体、その全てが気持ちよかった。

肌と肌を重ねることが、こんなに気持ちいいことだったなんて。
触れ合っている部分から、蒼穹の鼓動が聞こえてくる。
なんだか蒼穹の考えていることもわかる。
この人は本当に私のことを愛してくれている。
私の気持ちも蒼穹に伝わってるのかな。
もっと気持ちよくなりたい、蒼穹にもっと愛されたい。
その思いが届けと、蒼穹の目を見つめた。
優しく笑いかけてくれる。
私の気持ちは伝わっている。そんな気がした。
蒼穹の手が私の頬《ほお》に添えられる。
そのまま下に降りてきて、胸に当てられた。
「あんっ……」
背筋になにか電気のような物が流れた。
手がゆっくりと円を描くように動く。
胸が形を変えられる度に、体がぴりぴり痺《しび》れる。
「な、なに……い、いつもとぜんぜん違うよぉ……」
自分で触った時は、こんな痺れるような感覚を受けることはない。

「いつも？」

蒼穹が不思議そうに聞いてくる。

「睦月に触られたときとか……じ、自分でしてるときとか……」

睦月が触ってくるのはじゃれ合うようなものだ。

別に変な関係なわけじゃない。

そのことは説明しておかないと。

でも、蒼穹は私が一人でしてることのほうに興味があるみたい。

「ふぅん。暁でもそういうことするんだ……」

「う、うん。蒼穹に会えないときとか、会ったあととか、寂しいときにしちゃうの……」

私、なに言ってるんだろう。

恥ずかしい……けど、蒼穹にもっと私のことを知って欲しい。隠し事なんてしたくない。

「俺のこと考えながら？」

ちょっといじわるな顔。でも、蒼穹は私のこと知りたがってるんだ。

私が一人の時、どんな気持ちで、なにをしているかを。

「そう。自分の手をあなたの手だと思って……私、変だよね。いままでさんざんさせてあげないで……お願い、私のこと嫌いにならないでね」

なんだか、自分が情けなくて泣きそうになってしまった。

私の気持ちを察してか、いじわるな顔からいつもの優しい顔に戻った。

「そんなこと、あるわけないいじゃないか。俺のこと好きだからしたんだろ。嫌いになるような理由なんてないよ」

「ありがとう……」

嬉しさと恥ずかしさで、うつむき視線をそらした。

「きゃ……」

下を向いた私の目に蒼穹のぺ○スが飛びこんできた。

「ん？」

「蒼穹……それ……」

ぺ○スのことをまったく知らないわけでもないし、見るのが初めてってわけじゃない。父親のものや、弟の冴のものなら何度か見たことがある。でも、それはもっと幼い頃の話だし、こんな状態でもなかった。

興奮して大きくなるとは聞いていた……たしか勃起《ぼっき》って言うんだ……が、こんなに大きくなるとは思ってもいなかった。

……蒼穹、私に興奮してるんだ。

「ああ、暁が一人でしてるところを想像したら興奮しちゃった」

「……バカ」

恥ずかしさを誤魔化そうと、明るく話しかける。

「ねぇ……触ってみていい？」

「ああ」

視線をペ○スのほうに向け、手を伸ばした。

今度は蒼穹が恥ずかしそうな顔をする。

「きゃっ……」

手を触れると、ピクンと跳ねた。

ちょっと恐くなった私は、ゆっくりと手を添える。

「熱い……」

血が巡っているのがわかる。男の人はここが気持ちいい理由がわかった気がした。

……蒼穹を気持ちよくさせてあげたい。

顔を近づけると、ペ○スを一気に頬張った。

「んっ……はむっ……」

蒼穹がすごく驚いたような顔をする。

いきなり口でくわえられたら当然か。

「あ、暁……」

まだエッチもしてないのにこんなことして、いやらしい女だと思われちゃうのかな。

その辺を弁解しようと、一度口を離した。

「こうすると気持ちいいんでしょ……私じゃ上手くできないかもしれないけど」

舌でぺ○スを刺激すると、蒼穹が気持ちよさそうなうめき声をあげた。

「うっ……」


ぴちゃ、ちゅっ、ちゅばぁ。


「あぁ……暁、気持ちいいよ……」

……口だけじゃなく手も使わないと。

ぺ○スを握り、手でしごきながら先端を舌でなぞる。


ちゅ、じゅぷっ、じゅっ。


ぺ○スが口の中でピクンと跳ねた。

「くっ……」

蒼穹が声を漏らすと、ぺ○スが一回り大きく膨らみ、縮むと共に先端からなにか飛び出してきた。

びゅくっ、どぴゅっ。


口の中にドロドロの液体が満ちている。

「……これが精液？　熱い……」

蒼穹があわてた顔で私に謝る。

「暁、ごめん。俺、我慢できなくて……」

別に謝る必要なんてないのに。

「んっ、ごくっ……」

思い切って蒼穹の精液を飲みこむと、背筋が震えるような快感を受けた。

なんともいえない味が喉《のど》に広がる。

「おいしい……」

しばらく、驚いたように私を見ていた蒼穹が、なにかに気付いたのか、口を開いた。

「今度は俺がしてやるよ」

そう言って、蒼穹があそこに手を伸ばしてきた。

指で私のあそこが広げられる。

蒼穹の指が触れただけで、イきそうなくらい気持ちよくなれた。

「綺麗な色……」

「そんなこと、言わないで……」

しばらく指で弄《いじ》られると、今度は顔を近づけてきた。

ちゅっ、ちゅぱっ。

私のあそこに舌が這《は》った。

「んっ……はぁ、いやっ、汚いよぉ……」

「暁だって口でしてくれただろ」

「で、でも……はぁっ……」

私の体に痺れるような感覚が走る。

気持ちよさに腰をよじらせると、蒼穹がさらに激しく舌を使う。

「あんっ……あぁ……」

蒼穹に舐《な》められるたびに、あそこが熱く火照っている。

もうダメ……我慢できない。

「ねぇ……蒼穹、私もう我慢できないの……して」

「なあ、暁。本当にいいんだな」

蒼穹が顔を上げて聞いてきた。

「うん、いいよ。私……絶対に後悔しないと思う。それに……もう我慢できない、早く蒼穹と結ばれたい」

蒼穹は無言で頷くと、ぺ○スの先端を私のあそこにあてがった。

「じゃあ、いくよ」

「うん」

私が頷くと、蒼穹がゆっくりと腰を沈め始めた。


くちゅ。


「あぁっ……」

先端が入ったのがわかった。

蒼穹のぺ○スが、私のあそこを押しひろげながら入ってくる。


ぷちっ。

私の中でなにかが弾けるような音がした。

ああ、これで蒼穹に初めてを捧げることができたんだ。

「んっ……」

落ち着いた瞬間に、一気に痛みが襲ってきた。

でも、痛がっちゃだめだ。

痛がったら蒼穹が遠慮しちゃう。

「暁、大丈夫か？　辛《つら》かったらすぐにやめるぞ」

痛みに耐えるのが表にでてしまったみたい。

でも、蒼穹のその声を聞いて、少し痛みが和らいだ気がした。

「うんん、大丈夫。痛いけど、蒼穹のくれる痛みだから……だから気持ちいいの」

本当にそう思える。多分、普段なら絶対に耐えられない痛みだ。

でも、今は痛いのが気持ちいい。

「蒼穹、動いていいよ」

「でも……」

蒼穹が私に気を遣っている。

痛くしてもかまわないのに。痛くても気持ちよくなれるのに。

「私に遠慮しないで。蒼穹が気持ちよくなってくれれば、私も気持ちよくなれるから」

「そうか。じゃあ動くからな。だめだったらすぐに言えよ」

戸惑いながら、それでもゆっくりと蒼穹は腰を動かし始めた。

じゅ、じゅぶ、じゅぶっ。


「あぁ……うぅん、くうぅっ……」

「暁……くっ……」

蒼穹は気持ちいいのかな。私で気持ちよくなってくれているんだろうか。

それだけが気になった。

「蒼穹、気持ちいい？」

「ああ、気持ちいいよ。俺、もうイっちゃいそうだよ」

蒼穹が感じてくれている。

私で気持ちよくなってくれているんだ。私はそれだけで満足できる。

「あんっ、そう言われると、私までなんだか気持ちよくなってくる……んんっ」

一瞬、視界が真っ白になった。

「……なに、今の……」

「ど、どうした」

戸惑う私を見て、蒼穹が腰を動かすのをやめた。

「やめないで、続けて……わ、私、感じてるみたいなの……今、ちょっとだけイっちゃった」

蒼穹が嬉しそうな顔をする。

やっぱり蒼穹も一緒に気持ちよくなりたいと思っているんだ。

「わかった。どうせなら、いっしょにイこう」

「うん……あぁ……いいっ……」

蒼穹が再び腰を動かし始める。今度はさっきよりも強く早く、腰を振っている。

私も自分から腰を使い、より気持ちよくなろうと動いた。

「あ、暁、いくっ」

「わ、私も……あぁん……蒼穹、中に、私の中に出してぇっ」

早くイかせようと、蒼穹のペ○スをより強く締め付けた。

「い、いいのか？」

「うん、あ、あなたの……蒼穹の赤ちゃん欲しいの……だから……」

蒼穹の腰に自分の足を絡めて、より密着させた。

これで蒼穹を深く受け止めることができる。

蒼穹が最後に強く腰を振ると、最も深いところで動きが止まる。

「うっ……くっ……」

「いく、いく……あ、あああああああああああぁぁぁぁぁぁ」


びゅくっ、どくっ、どくっ。


「はぁ……はぁ……」

蒼穹がペ○スを抜くと、あそこから精液が漏れだした。

「赤ちゃん……できるかな？」

荒い息をしている蒼穹に、小さな声で聞いた。

「……それは、ちょっと困るな」

蒼穹が苦笑いを浮かべる。

「うん、さすがにまだ早いね」

私も笑いながら、そう答えた。

……でも……欲しいな、蒼穹と私の赤ちゃん。
いつかその日が来る、そんな気がした。

5

2001年7月16日（月）
朝凪瑞穂［私立白南風学園・アーチェリー部部室前］
午後5時42分

『……蒼穹の赤ちゃん欲しいの……』

おいおい、赤ちゃん欲しいは言い過ぎでしょ……。
まさか暁がそんなことを言うなんて。
真面目な人ほど走り出すと止まらないのかなぁ。

『……あ、あああああああああああああぁぁぁぁぁぁ』


こんな大声で叫んじゃって……。

私が見張りをしてなくて、誰かに見られたらどうするつもりだったんだろう。

実際に暁を探しに冴が来た。

なんとか誤魔化して追い返したんだけど、弟にセックスしてるところを見られたら、どうするつもりだろう。

さらにアーチェリー部の男子部と女子部、共に停学なんてことになったら、シャレにならない。

その上、顧問の私にまでとばっちりがくる。

いや、私がしむけたんだから、自業自得になるのか。

見張りも私にとっては義務ってところか。

それにしても……。

「はぁ、羨ましい……私もセックスしたいなぁ……」

まさか、あんな適当に言ったことが元で、ここまで激しいセックスになるとは。

本人たちが望んでることに、ちょっと誘導し後押しする。

それだけで、催眠術を使わなくてもこれだけの結果が出る。
じゃあ、催眠術を使えば……。
「あっ……」
閃《ひらめ》いてしまった。
催眠術を使えばいい。
これで回りくどいことをせず、思う存分セックスを楽しめる。
いや、みんなに楽しいセックスを教えてあげるんだ。
誰がいいかな。
とりあえず部室にいる二人は確定だ。
これだけ協力してあげたんだ、それなりの見返りはいただかないと。
あとは誰にしよう。
なるべく欲求不満が溜《た》まってそうな人……。
……そうだ、冴がいい。
姉に対する欲求を満たしてやらないと。
でもさすがに近親相姦《そうかん》は見たくないところだ。
となると、暁の代わりになる姉役が必要か。
私でもかまわないけど、さすがに年が年だ。

まあ、その辺に関しては後々で考えよう。
ちなみに、私は若い男はみんな好きだ。そういうことにしておこう。
じゃあ、さっそく行動に移りますか。
部室の中の様子をうかがうと、どうやら行為は終わっているようだった。
私は周りに人がいないことを確認し、部室のドアノブに手をかけた。
ガチャッ。

6

2004年8月29日（日）　午後4時03分
白露清夜　［自宅マンション・自室］

『そう……そのまま瑞穂先生がみんなを巻きこんで……』

『わかった、もういいわ』


これでだいたいのことはわかった。

発端は私の睨《にら》んだ通り、瑞穂先生だった。

あのあと、瑞穂先生が蒼穹と暁先輩を手始めに、私や冴君を巻きこんでいったんだ。

動機は大したことじゃない。

ただ単にセックスを楽しもうとしていただけだ。

まあ、瑞穂先生らしいというかなんというか。

それだけなら、今となっては笑い話なんだけど、問題は記憶が隠蔽されているということだ。

蒼穹と暁先輩の初めてのエッチや、冴君の姉への欲求を満たすための姉弟プレイ。

それだけだと、いまいち隠蔽するほどの必要性は感じない。

でも後はそれを探り当てればいい。


『最後に一つ聞くわ。

今のあなたはこのことを忘れている。

その理由はなに？』

『……わからない』

『……がんばって思い出して』

『清夜が思い出すなって言ってる』

……私？　私が記憶を消していたの？

どういうことだろう。

あの頃の私は、催眠術なんか使えない。

あの頃も使えたけど、それも忘れているとか。

いや、それは考えすぎか。

とりあえず、蒼穹を起こそう。

『私が指を弾くと、あなたの体はだんだん海を浮かんでいく。そして今から三年後……つまり現在のあなたに戻るのよ……じゃあ、いくわ』

パチン。

私の膝の上にのっていた蒼穹が目を開き始めた。

「ん、んっ……あれ、清夜、おはよう」

目を開き、私の顔を確認すると、そう言ってきた。

その後、天井を見つめ、遠い目をする。

暁先輩のことでも考えているのだろう。

恋人に膝枕されてるっていうのに、昔の恋人のことを考えるなんて。

「呑気《のんき》なものね。暁先輩の夢を見てたんでしょ」

ちょっと悔しくなった私は、いじわるを言った。

蒼穹が焦ったような顔をする。

「い、いや、そんなことはないよ」

「隠さなくていいの。私が見せたんだから」

蒼穹は私の言っている意味がよくわかってないようだ。

「え？」

「私たち、まだなにか忘れてることが、あるみたいなの……だから、あなたの記憶をちょっとだけ覗《のぞ》かせてもらったわ」

私は今までのことを簡単に説明した。

忘れている記憶があること、それを自己催眠で思い出そうとしたこと、蒼穹に催眠術をかけて記憶を引き出したこと、発端は瑞穂先生にあるらしいこと……。

ただ、蒼穹を素直に愛することができない、自分の気持ちだけは説明しなかった。

このことは、全てが解決したら伝えることにしようと思った。

「じゃあ、あとは記憶が隠蔽されている理由だけなんだな」

蒼穹は体を起こしながらそう言った。

いまさら膝枕されていたことに気付いたようで、すごく恥ずかしそうな顔をする。

しかも私たちは裸のままだ。

「そういうこと、もう一度自己催眠をかけてみるわ」

私は蒼穹に抱きついた。

蒼穹も抱き返してくれる。

「ちょっと、こうしていて。あなたに抱かれてると、すごく落ち着くの。なにか思い出せそう……」

「清夜が思い出すまでずっとこうしててやるよ」

「じゃあ、ずっと思い出さないってのもいいかも……」

目を見つめ、くすっと笑った。

蒼穹が笑い返し、頭を撫《な》でてくれた。

目を閉じて、自分の中に入っていくイメージを作る。

いや、私と蒼穹のことなんだ、二人が溶け合って、その中に入っていくことをイメージしなきゃ。

三年前のこと。

自分自身の意志で忘却した記憶を。

今度こそ全て思い出せる。

蒼穹がそばにいるから。

7

2001年7月18日（水）
白露清夜 ［私立白南風学園・アーチェリー部部室］
午後4時19分

「先輩、蒼穹先輩、来てぇ」

ユニフォーム姿をはだけさせた私を、蒼穹先輩が見つめる。

体を艶《なま》めかしくくねらせ、蒼穹先輩を誘う。

「清夜……」

「好きなの、私……蒼穹先輩のこと好きなの……ほら、もうこんなにぐちょぐちょになってる……」

自分であそこを開いて、蒼穹先輩に見せつける。

「私、いつも先輩にされること考えながら一人でしてるの」

蒼穹先輩の視線を感じると、さらにあそこから液が溢《あふ》れた。

「でも、一人じゃ切ないの。物足りないの。蒼穹先輩にして欲しい」

そう言いながら蒼穹先輩に近づき、服に手をかける。

「ねぇ、来て、来て蒼穹先輩」

待ちきれなくなった私は、蒼穹先輩を押し倒した。

蒼穹先輩の体を舌で愛撫《あいぶ》すると、我慢するようなうめき声が漏れる。

我慢なんかしなくていいのに。私の体をめちゃくちゃにしていいのに。

先輩ったら照れ屋なんだから……もういいわ、恥ずかしいなら私からしてあげる。

もう十分に勃起したぺ○スを取り出し、自分のあそこにあてがった。

つぷっ。

先端があそこに入ったことを確認すると、一気に腰を落とした。

「あんっ」

「うぅっ……」

私の中に入っただけで、イきそうなほどの快感が体中を駆けめぐった。

「これぇ、これが欲しかったのぉ……」

入っただけでこんなに気持ちいいなんて……私、動いたらどうなるんだろう。

未知の快感に、恐る恐る腰を動かし始める。

「ふぁぁ……」

思った通り、今まで味わったことのないような気持ちよさだった。

もう腰を動かすことしか考えられない。

もっともっと気持ちよくなろうと、腰を振りペ○スを締め付ける。

「蒼穹先輩も……動いて……」

私が促すと、蒼穹先輩はゆっくりと腰を動かし始めた。

ぐちゅ、ぐちゅっ。


蒼穹先輩が腰を振るのに合わせて、私も腰を使った。

気持ちいい……私、いま蒼穹先輩とエッチしてる。

そう考えると、さらにあそこが熱くなった。

「だめ、私イきそう……」

あそこがヒクヒクいってる。

「ねぇ、蒼穹先輩も気持ちいい？」

「あ、ああ……」

蒼穹先輩は気まずそうに答えた。本当に照れ屋なんだから……。

「私、もうイきそう。先輩……イっていい？」

蒼穹先輩は答えてくれなかった。

その代わりに、私を強く突き上げてきた。

ああ、先輩もイきそうなんだ。

「ねぇ……先輩、キス……してください」

先輩に頼んだものの、私は自分から蒼穹先輩の唇を奪った。

「んんっ……あぁぁ……あぁぁぁぁぁぁぁぁぁぁっ」

唇が重なると、私の体が大きく跳ねた。

しばらくなにも考えられなかった。

少ししてから、今までで一番の絶頂を迎えていたことを理解した。

「先輩、私……キスでイっちゃった……先輩もいまイかせてあげますね……」

私は先輩をイかせようと、さっき以上に激しく腰を振り始めた。


じゅぷっ、じゅぷっ。


先輩のぺ○スが固さと大きさを増した。

私のあそこがいままで以上に強く擦《こす》られる。

それでも、私は腰を振るのはやめない。

「あぁぁ……先輩、せんぱぁい……好きっ、すきなの……」

ぺ○スが大きく波打った。

イきそうなんだ。

先輩が私でイこうとしてる……。

「あぁぁ、先輩っ、センパイ……せんぱぁぁぁぁぁぁぁい」

びゅくっ、びゅ、びゅびゅっ。
中に精液が放たれると、私はまた絶頂を迎えてしまった。
「暁……」
蒼穹先輩がそっと呟いた。
わかってる。でも、今くらいはその名前を言わないで欲しかった。
蒼穹先輩が部室の奥の方を見た。
すぐそこで冴君と瑞穂先生がセックスしていた。
そして、さらに奥に私たちをずっと見ていた……暁先輩。
いやぁ。見ないで。そんな目で見ないで。

8

2001年7月18日（水）

朝凪瑞穂［私立白南風学園・アーチェリー部部室］

午後5時54分

「先生……」

目の前で清夜が泣いている。

あの清夜が、だ。

「ど、どうしたの清夜」

もちろん、嬉しくて泣いている訳もなく、辛くて悲しくて泣いているんだろう。

「先生、催眠術で……記憶を消すことは出来ますか？」

「消すことはできない。でも、思い出さないようにする事はできる」

「それでかまいません」

清夜の忘れたいことは、言うまでもない。さっきの蒼穹とのセックスだ。

私が掛けた素直になる催眠術。

清夜に掛けたのは、蒼穹と暁のときに使ったものと違って、本当の催眠術だ。

清夜が蒼穹に惚《ほ》れていることに気付いた私は、それを清夜にかけた。

蒼穹には暁がいる。それで遠慮していたんだろう。

きっと蒼穹と暁、二人とも大好きで、二人が幸せになって欲しいと願っていて……。

それでも蒼穹のことを好きで……。

今まで必死で押さえていたジレンマを弾けさせてしまった。

そして、蒼穹とセックスした清夜は、罪悪感に押しつぶされてしまった。

「催眠術ってのは万能じゃないんだ。なにかきっかけがあれば思い出してしまうこともある。それでもかまわない？」

「ええ」

清夜が強く頷いた。

「それと……今後、私が蒼穹先輩を意識しないように暗示をかけてください。蒼穹先輩を見てもなにも思わないように……心が痛まないように」

「本当にいいんだね」

これが最後の確認だ。

「はい」

ためらわずに頷いた。

「わかった。じゃあ、やるわ……蒼穹たちも呼んできて」

清夜は頷くと、すぐに部室の外へ向かった。

いつか思い出す時が来るだろう。

それがすぐなのか、蒼穹たちと会わなくなるようなずっと未来なのかはわからない。

できれば、なるべく未来であって欲しい。蒼穹たちのことを忘れかけた時がいい。

清夜はいわば保留することを選んだ。もし思い出した時、まだ蒼穹たちとの交流があった場合は、自分で乗り越えなくてはならないことだ。


ガチャッ。


私がもっと悪人になればよかったのかもしれない。

私の意志で、もっと無理矢理のような形で清夜と蒼穹をセックスさせれば良かった。

そうすれば、清夜も自分の気持ちを責めずに、私を責められただろうに。

自分のエゴのために、生徒を苦しめてしまった。

「ふぅ……教師失格だな」

9

２００４年８月29日（日）

白露清夜［自宅マンション・自室］

午後5時47分

ゆっくりと目を開ける。

蒼穹の顔。

本当に私が夢を見ている間ずっとこうしてくれていたんだ。

涙が流れた。この涙は夢の中で流した涙とは違う。

「思い出せた？」

蒼穹が心配そうに聞いてきた。

暗示が弱まり思い出すことができたのは、多分暁先輩がいなくなったからだと思う。

そして、蒼穹が側《そば》にいたから。

「ええ、全部ね……あなたのおかげよ」

「それで、どうだった？」

私は思い出したことを全て蒼穹に話した。

話し終え、しばらくすると蒼穹が口を開いた。

「そっか……暁……」

遠くを見る蒼穹の目。私も蒼穹と同じところを見つめた。

でも、私にはなにも見えない。

「ごめんなさい。暁先輩のこと……」

「いいんだ、多分暁が思い出させてくれたんだと思う……『清夜はこんなにあなたのこと愛してくれてるんだよ。私はもういないいんだから、清夜を幸せにしてやりなさい』……あいつならそう言うよ」

蒼穹はそこまで言うと一端言葉を止めてから、もう一度話し始めた。

「だから、暁に報いるためにも、俺たちは幸せにならなきゃいけない」

「そう……なのかな？」

こんな漁夫の利みたいな形じゃ、簡単には納得できない。

「まあ、答えは簡単には出ないよ。これから二人でゆっくり考えていこう」

「そうね」

そうだ。結論を急ぐ必要は無い。

私たちには、まだまだ時間はある。

「ん……」

キスをする。

私たちの関係はもう一度始まるんだ。

始まり……。

あ……。

「ねぇ、蒼穹……私、また思い出しちゃった」

「なにを？」

これは隠蔽されていた記憶でも意図的に忘れさせられた記憶でもなんでもない。

純粋に、単純に、忘れていたことだ。

「私たちが初めて出会ったときのこと……覚えてる？」

「アーチェリー部に新入生が入ってきたとき？　……いや、もっと前に会ってるかな？」

覚えてないのかな？　いや、私も今まで忘れてたんだけど。

「時間切れ」

「ひどいなぁ……あ、入学式の時か。そういえば、あの時は全員揃《そろ》ってたんだな」

私、蒼穹、睦月、夕奈、火影、それに暁先輩、なぜか一つ年下の初日と冴もいた。

あの入学式から全て始まったんだ。

「……私ね、あの時あなたに一目惚れしてたかもしれない」

「そうなのか？」

「だって私、あなたに会ってなかったら、アーチェリー部に入ってなかったと思う」

エピローグ

彼の手はすごく温かかった。

その手で私を起こしてくれる。

「ゴメンね。制服、汚しちゃって」

「あ、いえ、私が悪いんです。気にしないでください」

優しい人。素直にそう思った。

ぶつかって出会ったってのがなんだけど、入学式早々こんなかっこいい人に会えるなんて、少しだけ運命みたいなものを感じる。

運命だなんて柄じゃないのに。

ああ、でもこれを機に自分のキャラクターを変えるのもいいかも。

もっと女の子らしくというか、可愛《かわい》らしくというか……。

ダメだ。可愛らしい自分を想像したら吹き出しそうになった。

でも、この人のことは聞いておこう。

アーチェリー部ってことは見ればわかるけど、せめて名前くらいは。

「あ、あの……」

「蒼穹、そろそろ着替えないと入学式に間に合わないよ」

一人の女子生徒が彼に話しかける。

その人もアーチェリーのユニフォームを着ていた。

そうか、彼は蒼穹って名前なんだ。

「ああ、暁。ありがとう」

……って、同じ部活でお互い呼び捨て。これじゃ間違いなく彼女じゃない。

あーあ、残念。でも、これだけいい男なら彼女もいるか。

それに、この人には私じゃかなわないか。

綺麗《きれい》だし、性格も良さそうだし。

「で、なに？　入学式早々に新入生をナンパしてるの？」

本当は、逆に私がナンパしようとしてたんだけど……。

蒼穹先輩が否定しようと、口を開こうとした。


ドンッ。


「きゃぁ」

ショートカットの女の子が、暁先輩にぶつかった。

ぶつかった女の子が体を起こし、辺りを見回す。

女の子と暁先輩の視線が重なる。

「あぁっ」

女の子が突然、大声を上げる。

「な、なに？」

暁先輩は完全に状況を理解していないようだ。

もっとも、私も蒼穹先輩もだったが。

「あ、いえ、なんでもないです。ごめんなさい、ぶつかっちゃって」

その女の子は逃げるように昇降口に向かった。

「睦月お姉ちゃん、だいじょうぶ？」

「あぁ、夕奈ぁ、火影ぇ、まってぇ……って、なんで初日までいるの？」

睦月と呼ばれた女の子は、一緒に登校したであろう二人組の元に走っていった。

なぜか、中学校の制服を着た、子供っぽい女の子も一緒にいた。

なんだったんだろう。あの子たちは……。

「あの子……どこかで……」

なにかを呟《つぶや》いている暁先輩に蒼穹先輩が近寄る。

「暁、大丈夫か？」

蒼穹先輩が暁先輩を抱き起こす。

腰に手を回して、優しく抱き起こしている。

はぁ……これで恋人確定だ……。

「うん、ありがとう、蒼穹」

暁先輩が顔を赤らめ、すこし照れくさそうにしている。

あーあ、私もあんな風に抱き起こして欲しかったな。

「あ、いたいた。姉さん」

また中学校の制服を着た……今度は男の子がこっちに走ってきた。

多分、さっきの子とは別の中学校だと思われる。

「あれ、冴。どうしたの？」

その少年に向かって、暁先輩が声をかけた。

暁先輩のことを姉さんと呼んでいたし、どうやら二人は姉弟らしい。

「どうしたの？　は、ないでしょ。せっかく姉さんの忘れた手作り弁当持ってきたあげたのに……」

「あ、忘れてた……ごめんね、わざわざ持ってきてもらって」

「姉さんのためじゃないよ。俺は、蒼穹さんのことを思って持ってきたんだから」

「こらっ、冴っ」

手作り弁当に弟公認か……これで完全に勝ち目は消えたかな。

でも、この冴って子もけっこういいかも。

さすがに暁先輩の弟だけある。

ちょっとシスコンっぽいけど……。

そんなことを考えていると、校内放送が流れた。

『新入生代表の白露清夜。入学式早々遅刻とはいい度胸ね。校内にいたら至急体育館まで来なさい』

『……』

『ったく、校長に怒られるの私なんだから……もうっ、あのハゲ、しつっこいのよねぇ……』

『瑞穂先生、マイク切れてませんよ』

『え、ホントだ。ナシナシ、今のナシ』


ブツッ。


先輩たちがクスクス笑っている。

「まったく、瑞穂先生ったら……」

なんだか凄《すご》いノリの良い先生だ。アーチェリー部の顧問なのかな？

……じゃなくて、呼び出されたの私じゃない。

「すみません先輩。私、呼び出されたので行きますね」

「やっぱり呼び出されたのは君か。頑張《がんば》ってね」

「はい。失礼します」

私はお辞儀をしてから体育館に向かってかけだした。

なんて踏んだり蹴《け》ったりなんだろうとか思いながら。

入学式早々こんなんじゃ、この先の三年間が思いやられる。

期待と不安を交えながら校庭を走る。

この先のことは、どうなるかさっぱりわからないし、実はなにも考えてなかったりする。

ただ、私の中で一つだけ決まったことがあった。

アーチェリー部か……楽しい学園生活になりそうだ。


【完】

あとがき

FlyingShineの英いつきです。

傀儡の教室ノベライズ版はいかがだったでしょうか？

せっかく開発元が書くんだから、他では書けないことを書きたい。

そんな理由から、前回のアナザーストーリーに対抗し、今回は傀儡の教室のアフターストーリーとなりました。

シナリオの性質上、ゲームを未プレイの方には少しわかりづらい内容になってしまったかもしれません。

ですが、もし興味を持っていただけたのなら、原作のほうもプレイしていただきたいところです。


さて、FlyingShineでは今年もどんどんゲーム開発を進めていきます。

ゲームもノベライズも、たくさん皆さまにお届けすることになるかと思います。

というわけで、今後ともFlyingShineをよろしくお願いします。

英いつき

傀儡《あやつり》の教室

2001年4月10日 初版第1刷発行

著　者　英 いつき with Flying Shine シナリオチーム
原　作　ruf
原　画　真木 八尋

発行人　久保田 裕
発行所　株式会社パラダイム
〒166-0011 東京都杉並区梅里2-40-19
ワールドビル202
TEL03-5306-6921 FAX03-5306-6923

装　丁　林 雅之
印　刷　株式会社シナノ

乱丁・落丁はお取り替えいたします。
定価はカバーに表示してあります。

既刊ラインナップ

定価 各860円+税

1 悪夢 ～青い果実の散花～ 原作:スタジオメビウス
2 脅迫 原作:アイル
3 痕 ～きずあと～ 原作:リーフ
4 慾 ～むさぼり～ 原作:May-Be SOFT TRUSE
5 黒の断章 原作:Abogado Powers
6 淫従の堕天使 原作:DISCOVERY
7 Esの方程式 原作:Abogado Powers
8 歪み 原作:May-Be SOFT TRUSE
9 悪夢 第二章 原作:スタジオメビウス
10 瑠璃色の雪 原作:アイル
11 官能教習 原作:テトラテック
12 復讐 原作:クラウド
13 淫Days 原作:ルナーソフト
14 お兄ちゃんへ 原作:ギルティ
15 緊縛の館 原作:XYZ
16 密猟区 原作:ZERO
17 淫内感染 原作:ジックス
18 月光獣 原作:ブルーゲイル
19 告白 原作:ギルティ

20 Xchange 原作:クラウド
21 虜2 原作:ディーオー
22 飼 原作:13cm
23 迷子の気持ち 原作:フォスター
24 ナチュラル ～身も心も～ 原作:フェアリーテール
25 放課後はフィアンセ 原作:スィートバジル
26 骸 ～メスを狙う顎～ 原作:SAGA PLANETS
27 朧月都市 原作:GODDESSレーベル
28 Shift! 原作:Trush
29 いまじねぃしょんLOVE 原作:U・Me SOFT
30 ナチュラル ～アナザーストーリー～ 原作:フェアリーテール
31 キミにSteady 原作:ディーオー
32 ディヴァイデッド 原作:シーズウェア
33 紅い瞳のセラフ 原作:Bishop
34 MIND 原作:まんぼうSOFT
35 錬金術の娘 原作:BLACK PACKAGE
36 凌辱 ～好きですか?～ 原作:アイル
37 My dearアレながおじさん 原作:ブルーゲイル
38 狂＊師 ～ねらわれた制服～ 原作:クラウド

39 UP! 原作:メイビーソフト
40 魔薬 原作:FLADY
41 臨界点 原作:スィートバジル
42 絶望 ～青い果実の散花～ 原作:スタジオメビウス
43 美しき獲物たちの学園 明日菜編 原作:ミンク
44 淫内感染 ～真夜中のナースコール～ 原作:ジックス
45 My Girl 原作:Jam
46 面会謝絶 原作:シリウス
47 偽善 原作:ダブルクロス
48 美しき獲物たちの学園 由利香編 原作:ミンク
49 せ・ん・せ・い 原作:ディーオー
50 sonnet～心かさねて～ 原作:ブルーゲイル
51 リトルMyメイド 原作:スィートバジル
52 flowers～ココロノハナ～ 原作:CRAFTWORKside・b
53 サナトリウム 原作:ジックス
54 はるあきふゆにないじかん 原作:トラヴュランス
55 プレシャスLOVE 原作:BLACK PACKAGE
56 ときめきCheck in! 原作:クラウド
57 散櫻 ～禁断の血族～ 原作:シーズウェア

パラダイム出版ホームページ　http://www.parabook.co.jp

58 Kanon～雪の少女～
原作:Key
59 セデュース～誘惑～
原作:アクトレス
60 RISE
原作:RISE
61 虚像庭園～少女の散る場所～
原作:BLACK PACKAGE TRY
62 終末の過ごし方
原作:Abogado Powers
63 略奪～緊縛の館 完結編～
原作:XYZ
64 Touchme～恋のおくすり～
原作:ミンク
65 淫内感染2
原作:ジックス
66 加奈～いもうと～
原作:ディーオー
67 PILE・DRIVER
原作:ブルーゲイル
68 Lipstick Adv.EX
原作:フェアリーテール
69 Fresh!
原作:BELL-DA
70 脅迫～終わらない明日～
原作:アイル【チーム・Riva】
71 うつせみ
原作:BLACK PACKAGE
72 Xchange2
原作:クラウド
73 M.E.M.～汚された純潔～
原作:アイル【チーム・ラヴリス】
74 Fu・shi・da・ra
原作:ミンク
75 絶望～第二章～
原作:スタジオメビウス
76 Kanon～笑顔の向こう側に～
原作:Key

77 ツグナヒ
原作:ブルーゲイル
78 ねがい
原作:RAM
79 アルバムの中の微笑み
原作:curecube
80 ハーレムレーサー
原作:Jam
81 絶望～第三章～
原作:スタジオメビウス
82 淫内感染2～鳴り止まぬナースコール～
原作:ジックス
83 螺旋回廊
原作:ruf
84 Kanon～少女の檻～
原作:Key
85 夜勤病棟
原作:ミンク
86 使用済～CONDOM～
原作:ギルティ
87 真・瑠璃色の雪～ふりむけば隣に～
原作:アイル【チーム・Riva】
88 Treating 2U
原作:ブルーゲイル
89 尽くしてあげちゃう
原作:トラヴュランス
90 Kanon～the fox and the grapes～
原作:Key
91 もう好きにしてください
原作:システムロゼ
92 同心～三姉妹のエチュード～
原作:クラウド
93 あめいろの季節
原作:ジックス
94 Kanon～日溜まりの街～
原作:Key
95 贖罪の教室
原作:ruf

96 ナチュラル2 DUO 兄さまのそばに
原作:フェアリーテール
97 帝都のユリ
原作:スィートバジル
98 Aries
原作:サーカス
99 LoveMate～恋のリハーサル～
原作:ミンク
100 恋ごころ
原作:RAM
101 プリンセスメモリー
原作:カクテル・ソフト
102 ぺろぺろCandy2 Lovely Angels
原作:ミンク
103 夜勤病棟～堕天使たちの集中治療～
原作:ミンク
104 尽くしてあげちゃう2
原作:トラヴュランス
105 悪戯Ⅲ
原作:インターハート
106 使用中～W.C.～
原作:ギルティ
108 ナチュラル2 DUO お兄ちゃんとの絆
原作:フェアリーテール
109 特別授業
原作:BISHOP
110 Bible Black
原作:アクティブ
112 銀色
原作:ねこねこソフト
116 傀儡の教室
原作:ruf

好評発売中!

〈パラダイムノベルス新刊予定〉

☆話題の作品がぞくぞく登場！

114. 淫内感染
午前三時の手術室

ジックス　原作
平手すなお　著

院内では今夜もオペが終わると、看護婦や患者を巻き込んだ饗宴が行われる！人気シリーズ最新作!!

113. 奴隷市場

ruf　原作
菅沼恭司　著

キャシアスは親友のファルコに「奴隷市場」に連れていかれる。戸惑う彼に店の主人は、選りすぐりの3人の美少女を勧めるが…。

111. 星空ぷらねっと

ディーオー　原作
島津出水　著

正樹は宇宙開発に携わる母親の影響で、幼い頃から宇宙飛行士を目指していた。だが事故により、その希望を失ってしまう…。